La Historia Oculta de los Reyes Visigodos
Una Novela de Fantasía Histórica

Marcelo Palacios

Published by INDEPENDENT PUBLISHER, 2024.

This is a work of fiction. Similarities to real people, places, or events are entirely coincidental.

LA HISTORIA OCULTA DE LOS REYES VISIGODOS UNA NOVELA DE FANTASÍA HISTÓRICA

First edition. November 10, 2024.

Copyright © 2024 Marcelo Palacios.

ISBN: 979-8227401441

Written by Marcelo Palacios.

Tabla de Contenido

Capítulo 1: La Desintegración del Imperio 1
Capítulo 2: Primeros pasos hacia la unidad 5
Capítulo 3: La unión y la traición 10
Capítulo 4: Batallas internas 15
Capítulo 5: Desafíos y decisiones... 20
Capítulo 6: La batalla por la supervivencia 24
Capítulo 7: Desafíos en la oscuridad 28
Capítulo 8: La luz de la esperanza 32
Capítulo 9: El renacimiento de la esperanza 35
Capítulo 10: El camino hacia el futuro 38
Capítulo 11: La sombra del conflicto 41
Capítulo 12: La sombra del conflicto 43
Capítulo 13: La reconstrucción después de la batalla 46
Capítulo 14: El Juicio del Destino 49
Capítulo 15: El camino a la redención 52
Capítulo 16: El despertar de la Tierra 55
Capítulo 17: La sombra del pasado 58
Capítulo 18: Renacimiento y reconstrucción 61
Capítulo 19: Sombras en el horizonte 64
Capítulo 20: La batalla por Emerita Augusta 67
Capítulo 21: El destino de una ciudad 71

Tabla de Contenido

Capítulo 1: La Desintegración del Imperio 1
Capítulo 2: Primeros pasos hacia la unidad 5
Capítulo 3: La unión y la traición 10
Capítulo 4: Batallas internas 15
Capítulo 5: Desafíos y decisiones 20
Capítulo 6: La batalla por la supervivencia 24
Capítulo 7: Desafíos en la oscuridad 28
Capítulo 8: La luz de la esperanza 32
Capítulo 9: El renacimiento de la esperanza 35
Capítulo 10: El camino hacia el futuro 38
Capítulo 11: La sombra del conflicto 41
Capítulo 12: La sombra del conflicto 43
Capítulo 13: La reconstrucción después de la batalla 46
Capítulo 14: El Juicio del Destino 49
Capítulo 15: El camino a la redención 52
Capítulo 16: El despertar de la Tierra 55
Capítulo 17: La sombra del pasado 58
Capítulo 18: Renacimiento y reconstrucción 61
Capítulo 19: Sombras en el horizonte 64
Capítulo 20: La batalla por Emerita Augusta 67
Capítulo 21: El destino de una ciudad 71

Capítulo 1: La Desintegración del Imperio

La ciudad de Emerita Augusta, antaño floreciente bajo el dominio romano, yacía ahora en ruinas. La capital de Lusitania estaba cubierta de escombros, y las majestuosas edificaciones que alguna vez reflejaron la grandeza de Roma se habían convertido en simples vestigios de su antigua gloria. En el foro, las columnas derrumbadas permanecían en un silencio solemne, siendo mudos testigos de la decadencia de la ciudad.

En medio de los escombros, los pocos habitantes que quedaban se movían con cautela, desconfiados de los saqueadores y las pandillas que ahora controlaban la tierra sin ley. El mercado, que alguna vez fue un animado centro de comercio, se había convertido en un espacio estéril, con solo un puñado de vendedores que luchaban por vender sus escasos productos.

En medio de esta desolación, un joven guerrero visigodo avanzó con paso firme. Se llamaba Einar, un hombre de estatura media, complexión robusta y penetrantes ojos verdes. Las cicatrices de batallas pasadas marcaban su rostro y sus brazos. Einar llevaba una espada visigoda, con una hoja brillante y bien cuidada, que contrastaba con el caos que le rodeaba.

Einar caminaba hacia una casa en particular, una estructura que aún permanecía en pie, aunque visiblemente dañada. Llamó a la puerta con el pomo de su espada. La puerta se abrió lentamente y apareció un anciano con rostro cansado. El anciano, con las ropas hechas jirones, miró a Einar con recelo.

—Soy Einar, hijo de Ulric —dijo Einar, con voz firme pero respetuosa—. "Busco a Thane, líder de este asentamiento."

El anciano asintió lentamente y abrió la puerta por completo, permitiendo que Einar entrara. Dentro de la casa, el ambiente era tenso. Varios hombres y mujeres estaban reunidos alrededor de una mesa, discutiendo en voz baja. En el centro de la mesa, un hombre de cabello gris y ojos severos escuchaba atentamente. Thane, un líder respetado, miró a Einar.

—Einar, hijo de Ulric —dijo Thane, inclinando ligeramente la cabeza en señal de reconocimiento—. "Hemos oído hablar de tus hazañas. ¿Qué te trae a nuestra ciudad?

Einar se acercó a la mesa y sus pasos resonaron en el suelo de piedra. "He venido a unir a nuestro pueblo", respondió. "Las incursiones de otras tribus se vuelven más frecuentes. Necesitamos un liderazgo fuerte para defender nuestra tierra y establecer un reino próspero".

Thane lo observó en silencio durante unos momentos antes de asentir. "La situación es grave", dijo finalmente. "Las incursiones de los suevos y otros grupos bárbaros están desestabilizando toda la región. Tenemos que unirnos, pero no todos los líderes tribales están de acuerdo".

Un murmullo de aprobación recorrió la habitación. Einar miró a su alrededor, viendo en los rostros de los presentes la misma determinación que él sentía. "Debemos reunir a los líderes tribales", dijo Einar. "Discutir una estrategia unificada y preparar nuestras defensas. No podemos permitir que nuestro pueblo sea destruido".

Thane asintió de nuevo. "Habrá una reunión mañana de madrugada", anunció. "Invitaré a todos los líderes tribales de la región. Tenemos que mostrar unidad y fuerza".

La conversación se volvió más animada, con los presentes discutiendo planes y estrategias. Einar se unió a la discusión, compartiendo sus ideas y escuchando las preocupaciones de los demás. La determinación de Einar se fortalecía con cada palabra.

Cuando terminó la reunión, Einar salió de la casa y se dirigió hacia las afueras de la ciudad. El sol comenzaba a ponerse, bañando las ruinas de Emerita Augusta con una luz dorada. Einar miró hacia el horizonte, sus pensamientos sobre la próxima reunión y los desafíos a los que se enfrentarían.

Cerca de la entrada de la ciudad, se reunió un grupo de guerreros visigodos. Entre ellos estaba Alaric, el hermano menor de Einar. Alarico, más joven y con una impetuosidad que a menudo le metía en problemas, se levantó al ver a Einar.

—¿Cómo fue la reunión? —preguntó Alaric, con tono ansioso.

—Productivo —contestó Einar—. "Thane convocará a todos los líderes tribales mañana. Tenemos la oportunidad de unirnos y defender nuestra tierra".

Alaric asintió, sus ojos brillaban con determinación. —Estamos contigo, hermano —dijo—. "Lucharemos juntos".

Einar puso una mano en el hombro de Alaric. —Lo sé —dijo en voz baja—. "Juntos podemos lograrlo. Pero debemos estar preparados para cualquier cosa".

Cayó la noche sobre Emerita Augusta, y el campamento de los visigodos se preparó para el descanso. Einar y Alaric, junto con los otros guerreros, compartieron una comida sencilla antes de retirarse a sus tiendas. El ambiente estaba cargado de tensión y expectación, pero también de determinación inquebrantable.

Al amanecer, Emerita Augusta se despertó con el sonido de pasos firmes y voces decididas. Los líderes tribales comenzaron a llegar, cada uno con su séquito de guerreros. La reunión prometía ser un momento crucial en la historia de los visigodos, una oportunidad para establecer un liderazgo unificado y hacer frente a las amenazas externas con renovada fuerza.

Einar, con su armadura pulida y su espada listas, se preparó para el desafío. Su misión era clara: unir a su pueblo y defender su legado. Al salir el sol sobre las ruinas de Emerita Augusta, Einar supo que el futuro de los visigodos dependía de lo que se decidiera ese día.

En el corazón de la ciudad, en una antigua fortaleza romana ahora en ruinas, Einar se preparaba para el encuentro que cambiaría el destino de su pueblo. Con la espada y el emblema de los visigodos en el pecho, se mantuvo firme, listo para enfrentar cualquier desafío que se le presentara.

A su lado, Alarico, su hermano menor, también se preparaba para el día que vendría. A pesar de su juventud, Alaric demostró una valentía y destreza en el campo de batalla que lo habían convertido en un líder entre los guerreros más jóvenes. Su rostro, marcado por la determinación y la pasión, reflejaba el deseo de proteger a su pueblo y luchar por un futuro mejor.

El sol se elevaba lentamente en el horizonte, iluminando las ruinas de la fortaleza con una luz dorada. Los visigodos se reunieron en el patio central, cada uno con su brillante armadura y sus relucientes armas. Había un aire de expectativa y determinación en el aire, mezclado con una pizca de ansiedad sobre lo que traería el día.

Thane, el líder de los visigodos, dio un paso adelante, su voz resonando en el silencioso patio. —Hermanos y hermanas —comenzó, con tono grave pero lleno de autoridad—. "Hoy nos enfrentamos a un desafío que pondrá a prueba nuestro coraje y nuestra unidad. Pero juntos, podemos superar cualquier obstáculo que se interponga en nuestro camino".

Los visigodos asintieron con la cabeza, con los rostros endurecidos por la determinación. Einar estaba entre ellos, con la mirada fija en el horizonte, listo para guiar a su pueblo hacia un futuro mejor. Sabía que el camino por delante estaría lleno de peligros y sacrificios, pero estaba decidido a enfrentarlos con coraje y determinación.

A medida que avanzaba la reunión, se discutieron planes y estrategias para hacer frente a las incursiones de las tribus enemigas y establecer un reino próspero en Hispania. Einar compartió sus ideas y opiniones, escuchando atentamente los consejos de los líderes tribales más experimentados.

La discusión se prolongó hasta bien entrada la tarde, con los visigodos debatiendo los próximos pasos a seguir. Finalmente, se llegó a un acuerdo sobre un plan de acción unificado, que se implementaría de inmediato para proteger a su pueblo y asegurar su futuro en la tierra de Hispania.

Al caer la noche, los visigodos se retiraron a sus tiendas, exhaustos pero llenos de determinación. Einar y Alaric se reunieron en su campamento, compartiendo una comida sencilla antes de descansar para el día siguiente. Había un sentido de camaradería y solidaridad entre ellos, sabiendo que estaban unidos en su lucha por un futuro mejor.

Mientras se preparaban para dormir, Einar reflexionó sobre el día que había pasado y los desafíos que aún tenían por delante. Sabía que el camino hacia la victoria sería largo y difícil, pero estaba decidido a guiar a su pueblo hacia un nuevo amanecer. Con esa ardiente determinación ardiendo en su corazón, cerró los ojos y se sumergió en un sueño inquieto, lleno de visiones de batallas por venir y la promesa de un futuro mejor para su pueblo.

Capítulo 2: Primeros pasos hacia la unidad

La reunión de los líderes tribales se llevó a cabo en un gran salón dentro de la fortaleza en ruinas de Emerita Augusta. Los visigodos y sus aliados se habían reunido para discutir los próximos pasos en su lucha por la supervivencia y la unidad.

Einar y Alaric estaban entre los presentes, observando atentamente cómo los líderes tribales tomaban asiento alrededor de una gran mesa de madera. Thane, como anfitrión, se sentó en el centro, con la mirada seria mientras miraba a cada uno de los presentes.

—Gracias por venir —comenzó Thane, su voz resonando en la silenciosa habitación—. "Hoy enfrentamos una amenaza que amenaza la supervivencia de nuestro pueblo. Las incursiones de las tribus enemigas se vuelven más frecuentes, y debemos unirnos si queremos tener alguna posibilidad de resistir".

Los líderes tribales asintieron con la cabeza, sus rostros serios mientras escuchaban las palabras de Thane. Saben que la situación es grave y que deben actuar con rapidez para proteger a su pueblo y garantizarle un futuro próspero.

Einar estaba de pie, con la mirada fija en los líderes tribales reunidos a su alrededor. "Hemos enfrentado desafíos difíciles en el pasado", dijo, con voz firme y segura. "Pero siempre hemos salido adelante cuando hemos permanecido juntos. Debemos dejar de lado nuestras diferencias y trabajar juntos si queremos hacer frente a esta nueva amenaza".

Los líderes tribales asintieron con la cabeza, sus corazones llenos de determinación mientras se preparaban para discutir los próximos pasos a seguir. Había un aire de urgencia en la sala, cada uno consciente de la gravedad de la situación y de la necesidad de actuar con rapidez.

Durante horas, los líderes tribales discutieron planes y estrategias para hacer frente a las incursiones enemigas y fortalecer sus defensas. Se acordaron alianzas y se trazaron planes para coordinar sus esfuerzos en el campo de batalla.

Al caer la noche, la reunión llegó a su fin, y los líderes tribales partieron hacia sus respectivos territorios para prepararse para la batalla que se avecinaba. Einar y Alaric se quedaron atrás, con sus mentes llenas de pensamientos sobre los desafíos que les esperaban y la responsabilidad que descansaba sobre sus hombros como líderes de su pueblo.

Al salir de la habitación, Einar y Alaric se detuvieron un momento para contemplar las estrellas que brillaban en el cielo nocturno. Sabían que el camino que tenían por delante sería difícil, pero estaban decididos a afrontarlo con coraje y determinación, sabiendo que estaban luchando por algo más grande que ellos mismos: estaban luchando por el futuro de su pueblo y el legado de sus antepasados.

Al amanecer, los visigodos y sus aliados se reunieron en el campo de batalla, listos para enfrentarse a las tribus enemigas que se acercaban. Einar y Alaric lideraron a su pueblo con valentía y determinación, con el corazón lleno de coraje mientras se preparaban para la batalla que se avecinaba.

Las tribus enemigas se acercaban a la distancia, sus gritos de guerra resonaban en el aire mientras se preparaban para el ataque. Los visigodos y sus aliados formaron filas, sus armas brillando bajo el sol de la mañana mientras esperaban el inevitable enfrentamiento.

Einar dio un paso adelante, con la espada en alto y la mirada fija en el horizonte. "¡Por nuestro pueblo y nuestro legado!", gritó, su voz resonando en el aire mientras instaba a sus guerreros a la batalla.

Los visigodos cargaron con valentía, con el corazón lleno de determinación, mientras se lanzaban hacia el enemigo con ferocidad y coraje. La batalla fue feroz y sangrienta, con los visigodos luchando con todas sus fuerzas para repeler el ataque enemigo y proteger a su pueblo.

Alarico luchó a su lado, su espada cortando el aire con una precisión mortal mientras defendía a su pueblo con valentía y determinación. A pesar de su juventud, demostró una valentía y destreza en el campo de batalla que sorprendió incluso a sus compañeros de armas.

La batalla se prolongó durante horas, con los visigodos luchando con todas sus fuerzas para mantener a raya al enemigo. A pesar de las pérdidas sufridas, no flaquearon en su determinación de proteger a su pueblo y asegurar su supervivencia en la tierra de Hispania.

Finalmente, al caer la noche, los visigodos lograron la victoria sobre las tribus enemigas, obligándolas a retirarse y asegurando la supervivencia de su pueblo por el momento. Con el corazón lleno de gratitud y determinación, regresaron a su ciudad en ruinas, listos para reconstruir y prepararse para los desafíos que aún les esperaban.

De vuelta en Emerita Augusta, los visigodos y sus aliados se reunieron en el patio central de la fortaleza en ruinas para celebrar su victoria. A pesar de las pérdidas sufridas en la batalla, había una sensación de triunfo y alivio en el aire mientras los guerreros compartían historias de valentía y heroísmo.

Einar y Alaric estaban entre ellos, con el corazón lleno de gratitud por la victoria y la determinación de asegurar un futuro mejor para su pueblo. Al caer la noche sobre la ciudad en ruinas, se hicieron planes para reconstruir y fortalecer sus defensas contra futuros ataques enemigos.

Thane se dirigió a la multitud reunida, su voz resonando en el tranquilo aire de la noche. "Hermanos y hermanas", comenzó, con un tono lleno de orgullo y gratitud. "Hoy hemos demostrado nuestro coraje y nuestra determinación en la batalla contra nuestros enemigos. Pero nuestro trabajo aún no ha terminado. Debemos avanzar, unidos en nuestra determinación de construir un futuro próspero para nuestro pueblo".

Los visigodos asintieron con la cabeza, con el corazón lleno de determinación mientras se preparaban para reconstruir su ciudad y fortalecer sus defensas contra futuros ataques enemigos. Había un aire de esperanza en la ciudad en ruinas, la sensación de que juntos podrían superar cualquier obstáculo que se interpusiera en su camino.

Durante los días siguientes, los visigodos trabajaron incansablemente para reconstruir su ciudad y reforzar sus defensas contra futuros ataques enemigos. Se erigieron nuevas murallas y se repararon los edificios dañados por la batalla, mientras los guerreros patrullaban las fronteras para proteger a su pueblo de cualquier amenaza que se acercara.

Einar y Alaric lideraron los esfuerzos de reconstrucción, supervisaron el trabajo y se aseguraron de que cada paso se tomara con cuidado y precaución. A pesar de los desafíos a los que se enfrentaron, su determinación nunca flaqueó, y su liderazgo inspiró a los visigodos a seguir adelante con coraje y determinación.

Con el tiempo, Emerita Augusta comenzó a tomar forma una vez más, sus calles rebosaban de vida y actividad mientras los visigodos trabajaban juntos para construir un futuro mejor para su pueblo. A medida que la ciudad se levantaba de las ruinas, había una sensación de esperanza y optimismo en el aire, la creencia de que juntos podrían superar cualquier desafío que se les presentara y asegurar un legado duradero para las generaciones venideras.

A pesar de la victoria en el campo de batalla y los esfuerzos de reconstrucción en Emerita Augusta, la sombra del conflicto aún se cernía sobre los visigodos. Las incursiones enemigas seguían siendo una amenaza constante, y la necesidad de permanecer alerta y preparado era una realidad que pesaba sobre los hombros de Einar y Alaric.

En una tarde soleada, mientras supervisaban la reparación de las murallas de la ciudad, Einar y Alaric discutían los próximos pasos a seguir para garantizar la seguridad de su gente.

—Las incursiones enemigas son cada vez más frecuentes —dijo Einar, con la mirada seria mientras oteaba el horizonte en busca de señales de peligro—. "Debemos fortalecer nuestras defensas y aumentar la vigilancia en nuestras fronteras".

Alaric asintió, su expresión sombría mientras contemplaba la vasta extensión de tierra que se extendía ante ellos. —Estoy de acuerdo —dijo—. "Pero también debemos estar preparados para enfrentar amenazas internas. La unidad entre los visigodos es crucial si queremos resistir el ataque del enemigo".

Einar asintió con la cabeza, su mente llena de pensamientos sobre el futuro incierto que les esperaba. Sabía que el camino que tenía por delante sería difícil, pero estaba decidido a afrontarlo con valentía y determinación, sabiendo que el destino de su pueblo estaba en juego.

A lo lejos se escuchaba el sonido de los tambores de guerra, anunciando la llegada de una nueva incursión enemiga. Los visigodos se prepararon para el enfrentamiento, con el corazón lleno de coraje mientras se lanzaban a la batalla una vez más.

La lucha fue feroz y sangrienta, con los visigodos luchando valientemente para defender su tierra y su legado. A pesar de los desafíos a los que se enfrentaron, su determinación nunca flaqueó y lucharon ferozmente hasta que el enemigo fue finalmente derrotado y obligado a retirarse.

Al caer la noche, los visigodos celebraron su victoria con gratitud y alivio, sabiendo que habían superado otro obstáculo en su lucha por la supervivencia. Pero también saben que el camino por delante seguirá siendo difícil, y que deben permanecer unidos y vigilantes si quieren garantizar un futuro próspero para su pueblo.

Con esa ardiente determinación ardiendo en sus corazones, los visigodos se retiraron a descansar, sabiendo que el mañana les traería nuevos retos y que estarían dispuestos a afrontarlos con valentía y determinación, como siempre lo habían hecho antes.

Capítulo 3: La unión y la traición

Tras la última incursión enemiga, los visigodos se encontraban en un constante estado de alerta. La necesidad de unidad y fuerza era más evidente que nunca, y Einar y Alaric se dedicaron a fortalecer las alianzas con otras tribus para hacer frente a las amenazas que se cernían sobre ellos juntos.

En una reunión de líderes tribales en la fortaleza de Emerita Augusta, Einar y Alaric discutieron planes para forjar nuevas alianzas y fortalecer las existentes. Los líderes tribales se reunieron en el gran salón, cada uno con su propia agenda y preocupaciones, pero todos conscientes de la necesidad de unidad en tiempos de crisis.

Thane, como anfitrión, se puso de pie para dar la bienvenida a los invitados, su voz resonó en la silenciosa sala. —Hermanos y hermanas —comenzó, con tono grave pero lleno de autoridad—. "Enfrentamos momentos difíciles, pero juntos podemos superar cualquier obstáculo que se interponga en nuestro camino. Es hora de dejar de lado nuestras diferencias y trabajar juntos por nuestra supervivencia y prosperidad".

Los líderes tribales asintieron con la cabeza, sus rostros serios mientras escuchaban las palabras de Thane. Sabían que la situación era grave y que debían unirse si querían proteger a su pueblo y garantizarle un futuro próspero.

Einar estaba de pie, con la mirada fija en los líderes tribales reunidos a su alrededor. "Hemos enfrentado desafíos difíciles en el pasado", dijo, con voz firme y segura. "Pero siempre hemos salido adelante cuando hemos permanecido juntos. Debemos dejar de lado nuestras diferencias y trabajar juntos si queremos hacer frente a esta nueva amenaza".

Los líderes tribales asintieron con la cabeza, sus corazones llenos de determinación mientras se preparaban para discutir los próximos pasos a seguir. Había un aire de urgencia en la sala, cada uno consciente de la gravedad de la situación y de la necesidad de actuar con rapidez.

Durante horas, los líderes tribales discutieron planes y estrategias para fortalecer las alianzas entre sus pueblos y hacer frente a las amenazas que se cernían sobre ellos. Se acordaron tratados de paz y se trazaron planes para coordinar sus esfuerzos en el campo de batalla.

Al caer la noche, la reunión llegó a su fin, y los líderes tribales partieron hacia sus respectivos territorios para prepararse para los desafíos que aún quedaban por delante. Einar y Alaric se quedaron atrás, con sus mentes llenas de pensamientos sobre los próximos pasos y la responsabilidad que descansaba sobre sus hombros como líderes de su pueblo.

Al salir de la habitación, Einar y Alaric se detuvieron un momento para contemplar las estrellas que brillaban en el cielo nocturno. Sabían que el camino que tenían por delante sería difícil, pero estaban decididos a afrontarlo con coraje y determinación, sabiendo que estaban luchando por algo más grande que ellos mismos: estaban luchando por el futuro de su pueblo y el legado de sus antepasados.

A medida que se fortalecían las alianzas entre las tribus, también lo hacían las intrigas y las conspiraciones en los rincones más oscuros de Emerita Augusta. Einar y Alaric eran conscientes de las tensiones que se estaban acumulando entre los líderes tribales, pero no podían permitirse el lujo de distraerse de su misión de proteger a su pueblo y garantizar su supervivencia.

Una tarde, mientras discutían los planes para fortalecer las defensas de la ciudad, Einar y Alaric fueron interrumpidos por la llegada de un mensajero. El hombre parecía nervioso mientras entregaba un mensaje sellado a Einar, su mirada evitando la de los líderes visigodos.

Einar abrió el mensaje y leyó su contenido cuidadosamente, frunciendo el ceño mientras procesaba la información. Alaric observaba con preocupación mientras su amigo leía, preguntándose qué noticias traería el mensaje.

Cuando terminó de leer, Einar miró a Alaric con seriedad. —Parece que hay problemas en el horizonte —dijo con voz grave—. "Se rumorea que algunos líderes tribales están conspirando para socavar nuestras alianzas y sembrar la discordia entre nuestros pueblos".

Alaric asintió, con expresión sombría mientras contemplaba las implicaciones de la noticia. Sabía que las tensiones entre los líderes tribales podían poner en peligro todo lo que habían trabajado para construir, y que necesitaban actuar rápidamente para evitar que la situación empeorara.

Decidieron convocar una reunión urgente con los líderes tribales para abordar la situación y encontrar una solución antes de que fuera demasiado tarde. Saben que no pueden permitirse debilidades en un momento tan crítico y que deben actuar con determinación para proteger a su pueblo y garantizar su supervivencia.

La reunión se llevó a cabo esa misma noche en el gran salón de la fortaleza, con Einar y Alaric liderando la discusión. Expusieron su preocupación por las conspiraciones e intrigas que amenazaban con dividir a sus pueblos y socavar las alianzas que tanto les había costado construir.

Los líderes tribales escucharon en silencio mientras se exponían las preocupaciones, sus rostros llenos de seriedad mientras consideraban las implicaciones de la noticia. Sabían que tenían que actuar con determinación para hacer frente a la situación y evitar que la discordia se apoderara de ellos.

Después de horas de discusión y debate, se acordaron medidas para hacer frente a las conspiraciones y restaurar la unidad entre las tribus. Se establecieron tratados de paz y se firmaron pactos de lealtad entre los líderes tribales, con la esperanza de que juntos pudieran superar cualquier obstáculo que se interpusiera en su camino.

Al final de la reunión, Einar y Alaric se retiraron a descansar, sabiendo que habían logrado evitar una crisis inminente y asegurar la unidad entre sus pueblos. Pero también sabían que el camino por delante seguiría siendo difícil, y que debían permanecer vigilantes para proteger a su pueblo de cualquier amenaza que se interpusiera en su camino.

A pesar de los esfuerzos por restaurar la unidad entre las tribus, la sombra de la traición continuaba acechando en los rincones más oscuros de Emerita Augusta. Einar y Alaric estaban decididos a descubrir a los responsables de las conspiraciones y asegurarse de que no pudieran socavar la paz y la estabilidad que tanto les había costado construir.

Una mañana, mientras inspeccionaban las defensas de la ciudad, Einar y Alaric fueron abordados por un mensajero que traía noticias preocupantes. Había descubierto pruebas de que uno de los líderes tribales había estado conspirando en secreto para desestabilizar las alianzas entre las tribus y socavar la autoridad de Einar y Alaric.

Einar y Alaric escucharon atentamente mientras el mensajero entregaba las pruebas, con los rostros llenos de determinación mientras consideraban sus próximos pasos. Sabían que tenían que actuar rápidamente para abordar la situación y evitar que la traición pusiera en peligro todo lo que habían trabajado para construir.

Decidieron convocar una reunión de emergencia con los otros líderes tribales para exponer la evidencia de traición y decidir el destino del traidor. Sabían que tenían que enviar un mensaje claro de que no se toleraría la traición y de que quienes intentaran socavar la unidad entre las tribus se enfrentarían a graves consecuencias.

La reunión se celebró esa misma tarde en el gran salón de la fortaleza, con Einar y Alaric dirigiendo la discusión. Presentaron las pruebas de la traición y expusieron las acciones del traidor, instando a los demás líderes tribales a tomar medidas decisivas para proteger la estabilidad y la unidad de sus pueblos.

Los líderes tribales escucharon en silencio mientras se presentaban las pruebas, con los rostros llenos de sorpresa y consternación al enterarse de la traición que había estado ocurriendo a sus espaldas. Sabían que tenían que actuar con determinación para abordar la situación y restaurar la confianza entre ellos.

Después de una larga deliberación, se acordó destituir al traidor de su posición de liderazgo y exiliarlo de las tierras de los visigodos. Se pusieron en marcha medidas de seguridad adicionales para prevenir futuras conspiraciones y se reafirmaron los tratados de paz y las alianzas entre las tribus.

Al final de la reunión, Einar y Alaric se retiraron a descansar, sabiendo que habían logrado evitar una crisis mayor y proteger la estabilidad y unidad de sus pueblos. Pero también sabían que el camino por delante seguiría siendo difícil, y que debían permanecer vigilantes para proteger a su pueblo de cualquier amenaza que se interpusiera en su camino.

A pesar de la resolución de la situación, la sombra de la traición dejó una marca indeleble en las mentes de Einar y Alaric. Saben que deben permanecer vigilantes y velar por que la estabilidad y la unidad de sus pueblos no se vean comprometidas nunca más.

Una noche, mientras descansaban en sus aposentos, Einar y Alaric reflexionaban sobre los últimos acontecimientos y el precio de la traición. Se dieron cuenta de que la traición era un peligro constante en un mundo lleno de intrigas y rivalidades, y que siempre debían estar atentos para proteger a su pueblo de aquellos que tratarían de socavar su autoridad y dividirlos.

"La traición es un recordatorio de que nunca debemos bajar la guardia", dijo Einar, con la voz llena de determinación. "Debemos permanecer unidos y vigilantes si queremos proteger a nuestro pueblo y garantizar su supervivencia en este mundo peligroso".

Alaric asintió con la cabeza, su mirada seria mientras contemplaba el futuro incierto que les esperaba. Sabía que necesitaban aprender de los acontecimientos recientes y fortalecer sus defensas contra futuras amenazas, tanto internas como externas.

A medida que avanzaba la noche, Einar y Alaric hicieron planes para fortalecer las defensas de la ciudad y aumentar la vigilancia en las fronteras. Sabían que debían permanecer unidos y alerta si querían proteger a su pueblo de cualquier amenaza que se interpusiera en su camino.

Con esa ardiente determinación ardiendo en sus corazones, Einar y Alaric se retiraron a descansar, sabiendo que el mañana les traería nuevos retos y que estarían preparados para afrontarlos con valentía y determinación, como siempre lo habían hecho antes.

Capítulo 4: Batallas internas

Con la amenaza de traición aún fresca en sus mentes, Einar y Alaric se encontraron frente a un nuevo desafío: la lucha por el poder dentro de su propio pueblo. A medida que la ciudad de Emerita Augusta se recuperaba de los estragos de las incursiones enemigas, surgieron tensiones entre los líderes tribales que amenazaban con dividir a los visigodos.

Una tarde, mientras caminaban por las calles de la ciudad en reconstrucción, Einar y Alaric discutían las crecientes tensiones entre los líderes tribales. Sabían que tenían que hacer frente a la situación con rapidez y decisión si querían evitar que la discordia se apoderara de su pueblo y pusiera en peligro su supervivencia.

—Las tensiones entre los líderes tribales están aumentando —dijo Einar, con tono grave mientras contemplaba las implicaciones de la situación—. "Debemos encontrar una manera de resolver nuestras diferencias y unirnos si queremos proteger a nuestro pueblo de nuevas amenazas".

Alaric asintió, su expresión sombría mientras consideraba las palabras de su amigo. Sabía que la lucha por el poder era un peligro constante en un mundo lleno de rivalidades y ambiciones desmedidas, y que debían actuar con determinación para mantener la estabilidad y la unidad de su pueblo.

Decidieron convocar una reunión urgente con los líderes tribales para discutir el aumento de las tensiones y encontrar una solución antes de que fuera demasiado tarde. Sabían que tenían que encontrar una manera de resolver sus diferencias y unirse si querían proteger a su pueblo de nuevas amenazas.

La reunión se llevó a cabo esa misma noche en el gran salón de la fortaleza, con Einar y Alaric liderando la discusión. Presentaron las crecientes tensiones entre los líderes tribales e instaron a otros a dejar de lado sus diferencias y trabajar juntos por la supervivencia y la prosperidad de su pueblo.

Los líderes tribales escucharon en silencio mientras se exponían sus preocupaciones, con los rostros llenos de seriedad mientras consideraban las implicaciones de la situación. Sabían que tenían que actuar con determinación para hacer frente a la situación y evitar que la discordia se apoderara de ellos.

Después de horas de discusión y debate, se acordaron medidas para resolver las crecientes tensiones y restaurar la unidad entre las tribus. Se establecieron tratados de paz y se firmaron pactos de lealtad entre los líderes tribales, con la esperanza de que juntos pudieran superar cualquier obstáculo que se interpusiera en su camino.

Al final de la reunión, Einar y Alaric se retiraron a descansar, sabiendo que habían logrado evitar una crisis mayor y proteger la estabilidad y unidad de sus pueblos. Pero también sabían que el camino por delante seguiría siendo difícil, y que debían permanecer vigilantes para proteger a su pueblo de cualquier amenaza que se interpusiera en su camino.

A medida que las tensiones entre los líderes tribales seguían aumentando, Einar y Alaric se encontraron con un nuevo desafío: un desafío directo a su liderazgo. A pesar de sus esfuerzos por mantener la estabilidad y la unidad entre su pueblo, algunos líderes tribales comenzaron a cuestionar su autoridad y a desafiar abiertamente su liderazgo.

Una mañana, mientras supervisaban las reparaciones de las murallas de la ciudad, un grupo de líderes tribales se acercó a Einar y Alaric y les expresaron su descontento con el manejo de la situación. Los líderes tribales argumentaron que Einar y Alaric habían fracasado a la hora de proteger a su pueblo de las incursiones enemigas y que era hora de que se enfrentaran a las consecuencias de sus acciones.

Einar y Alaric escucharon con calma mientras los líderes tribales expresaban sus preocupaciones, con los rostros llenos de determinación mientras consideraban sus próximos pasos. Sabían que tenían que abordar la situación con cuidado y diplomacia si querían evitar que la discordia se apoderara de su pueblo y pusiera en peligro su supervivencia.

Decidieron convocar una reunión de emergencia con los líderes tribales disidentes para discutir sus preocupaciones y encontrar una solución antes de que fuera demasiado tarde. Sabían que tenían que encontrar una manera de resolver sus diferencias y unirse si querían proteger a su pueblo de nuevas amenazas.

La reunión se celebró esa misma tarde en el gran salón de la fortaleza, con Einar y Alaric dirigiendo la discusión. Presentaron las preocupaciones de los líderes tribales disidentes e instaron a los demás a dejar de lado sus diferencias y trabajar juntos por la supervivencia y la prosperidad de sus pueblos.

Los líderes tribales disidentes escucharon en silencio mientras se exponían sus preocupaciones, con los rostros llenos de seriedad mientras consideraban las implicaciones de la situación. Sabían que tenían que actuar con determinación para hacer frente a la situación y evitar que la discordia se apoderara de ellos.

Después de horas de discusión y debate, se acordaron medidas para abordar las preocupaciones de los líderes tribales disidentes y restaurar la unidad entre las tribus. Se establecieron tratados de paz y se firmaron pactos de lealtad entre los líderes tribales, con la esperanza de que juntos pudieran superar cualquier obstáculo que se interpusiera en su camino.

Al final de la reunión, Einar y Alaric se retiraron a descansar, sabiendo que habían logrado evitar una crisis mayor y proteger la estabilidad y unidad de sus pueblos. Pero también sabían que el camino por delante seguiría siendo difícil, y que debían permanecer vigilantes para proteger a su pueblo de cualquier amenaza que se interpusiera en su camino.

Con la división entre los líderes tribales amenazando con romper la frágil paz que habían logrado mantener, Einar y Alaric se enfrentaron a la difícil tarea de restaurar la confianza y la unidad entre su pueblo. Sabían que tenían que enfrentarse a las acusaciones en su contra y demostrar su valía como líderes si querían evitar que la discordia se apoderara de su comunidad.

Una tarde convocaron una asamblea de todos los visigodos en la plaza central de Emerita Augusta. Einar y Alaric se pararon frente a la multitud, listos para enfrentar las acusaciones y demostrar su inocencia a su gente.

—Visigodos —empezó Einar, y su voz resonó en la abarrotada plaza—. "Nos enfrentamos a tiempos difíciles, pero debemos permanecer unidos si queremos superar los desafíos que tenemos por delante. Es hora de enfrentar las acusaciones en nuestra contra y demostrar nuestra valía como líderes de este pueblo".

Alaric asintió con la cabeza, con la mirada fija mientras observaba a la multitud reunida ante ellos. Sabía que debían hacer frente a las acusaciones con valentía y determinación si querían restablecer la confianza y la unidad entre sus pueblos.

Los líderes tribales disidentes se presentaron y expresaron sus preocupaciones y acusaciones contra Einar y Alaric. Afirmaban que habían fracasado a la hora de proteger a su pueblo de las incursiones enemigas y que no merecían seguir al frente de los visigodos.

Einar y Alaric escucharon en silencio mientras se presentaban las acusaciones contra ellos, con los rostros llenos de determinación mientras se preparaban para enfrentar el juicio de la verdad. Sabían que debían demostrar su inocencia y restaurar la confianza de su pueblo si querían proteger la estabilidad y la unidad de su comunidad.

Decidieron someterse a un juicio por la verdad, en el que se les permitiría demostrar su inocencia frente a las acusaciones en su contra. Fueron juzgados con valentía y determinación, confiados en que la verdad prevalecería y que serían absueltos de todos los cargos que se les imputaban.

Después de un largo y arduo juicio, Einar y Alaric fueron absueltos de todos los cargos en su contra. La verdad había sido revelada, y su inocencia había sido probada ante su pueblo. Una vez restablecida la confianza, los visigodos se unieron una vez más bajo el liderazgo de Einar y Alarico, listos para enfrentar los desafíos que se avecinaban con coraje y determinación.

Con la verdad revelada y su inocencia demostrada, Einar y Alaric se enfrentaron a la tarea de reconstruir la unidad y la confianza entre su pueblo. Sabían que el camino por delante sería difícil, pero estaban decididos a enfrentar los desafíos con coraje y determinación.

Tras el juicio de la verdad, convocaron una asamblea de todos los visigodos en la plaza central de Emerita Augusta. Einar y Alaric se dirigieron a la multitud reunida, expresando su gratitud por el apoyo de su pueblo y su compromiso de guiarlos hacia un futuro mejor.

—Visigodos —empezó Einar, y su voz resonó en la abarrotada plaza—. "Nos hemos enfrentado a retos difíciles en el pasado, pero siempre hemos salido adelante cuando nos hemos mantenido unidos. Es hora de dejar atrás nuestras diferencias y trabajar juntos por nuestra supervivencia y prosperidad".

Alaric asintió con la cabeza, con la mirada fija mientras observaba a la multitud reunida ante ellos. Sabía que debían reconciliarse y unirse para superar los desafíos que tenían por delante y garantizar un futuro próspero para su pueblo.

Los visigodos se reunieron en la plaza, expresando su apoyo y gratitud hacia Einar y Alarico. Sabían que habían enfrentado tiempos difíciles juntos, pero estaban decididos a superar los desafíos que tenían por delante y construir un futuro mejor para ellos y las generaciones futuras.

Einar y Alaric se comprometieron a liderar a su pueblo con coraje y determinación, guiándolos hacia un futuro lleno de esperanza y oportunidades. Sabían que el camino por delante seguiría siendo difícil, pero estaban decididos a enfrentar los desafíos con valentía y determinación, sabiendo que estaban luchando por algo más grande que ellos mismos: estaban luchando por el futuro de su pueblo y el legado de sus antepasados.

Capítulo 5: Desafíos y decisiones

A medida que se disipaban las tensiones entre los líderes tribales, Emerita Augusta se enfrentó a una nueva amenaza: la hambruna. Las incursiones enemigas habían devastado las tierras de cultivo y agotado los suministros de alimentos, dejando a los visigodos luchando por sobrevivir en un mundo cada vez más hostil.

Una mañana, mientras Einar y Alaric supervisaban la distribución de los escasos suministros de alimentos, recibieron noticias preocupantes de los agricultores locales. Las cosechas habían sido arrasadas por las incursiones enemigas y la sequía, dejando a la ciudad al borde de la inanición.

Einar y Alaric escucharon atentamente mientras los agricultores expresaban sus preocupaciones, con los rostros llenos de determinación mientras consideraban sus próximos pasos. Sabían que tenían que hacer frente a la amenaza de hambruna con rapidez y decisión si querían evitar una catástrofe que amenazara la supervivencia de su pueblo.

Decidieron convocar una reunión de emergencia con los líderes tribales y los agricultores para discutir la crisis alimentaria y encontrar una solución antes de que fuera demasiado tarde. Sabían que tenían que encontrar una manera de asegurar el suministro de alimentos para su pueblo si querían protegerlos de la hambruna que se avecinaba.

La reunión se celebró esa misma tarde en el gran salón de la fortaleza, con Einar y Alaric dirigiendo la discusión. Presentaron las preocupaciones de los agricultores e instaron a otros a trabajar juntos para encontrar una solución a la crisis alimentaria que amenazaba con devastar su aldea.

Los líderes tribales y los agricultores escucharon en silencio mientras se exponían sus preocupaciones, con los rostros llenos de seriedad mientras consideraban las implicaciones de la situación. Sabían que tenían que actuar con decisión para hacer frente a la crisis alimentaria y proteger a su pueblo de la hambruna que se avecinaba.

Tras horas de discusión y debate, se acordaron medidas para garantizar el abastecimiento de alimentos al pueblo visigodo. Se establecieron programas de racionamiento y se implementaron medidas de conservación de alimentos para garantizar que todos recibieran una parte justa de los escasos suministros disponibles.

Al final de la reunión, Einar y Alaric se retiraron a descansar, sabiendo que habían logrado evitar una catástrofe inminente y proteger a su pueblo de la hambruna que se avecinaba. Pero también sabían que el camino por delante seguiría siendo difícil, y que debían permanecer vigilantes para proteger a su pueblo de cualquier amenaza que se interpusiera en su camino.

Con la amenaza de hambruna aún cerniéndose sobre Emerita Augusta, Einar y Alaric se encontraron con el desafío de encontrar nuevos recursos para garantizar la supervivencia de su pueblo. Con las tierras de cultivo devastadas y los suministros de alimentos agotados, necesitaban buscar fuentes alternativas de recursos para mantener a su población alimentada y saludable.

Una mañana, mientras discutían estrategias para hacer frente a la crisis alimentaria, Einar y Alaric recibieron noticias de exploradores que habían descubierto una fuente potencial de recursos en las montañas cercanas. Habían encontrado bosques densos y ricos en vida silvestre, así como arroyos cristalinos que fluyen con agua dulce y pura.

Einar y Alaric vieron esta noticia como una oportunidad para asegurar la supervivencia de su pueblo y aliviar la amenaza de hambruna. Decidieron organizar una expedición para explorar las montañas y aprovechar los recursos que se habían descubierto.

Reunieron a un grupo de valientes visigodos, entre los que había expertos cazadores y recolectores, y partieron hacia las montañas al amanecer. Durante días, exploraron los bosques y valles, cazando animales salvajes y recolectando frutas y bayas silvestres para llevar a su aldea.

A medida que avanzaban, encontraron signos de la presencia de otras tribus en la región, recordándoles la necesidad de permanecer alerta y protegerse de posibles amenazas. Pero también encontraron signos de abundancia y fertilidad en la tierra, renovando su esperanza de que podrían obtener los recursos necesarios para mantener a su pueblo alimentado y saludable.

Después de días de exploración, regresaron a Emerita Augusta con los recursos que habían recolectado en las montañas. Presentaron sus hallazgos a la comunidad, compartiendo la buena noticia de que habían encontrado una nueva fuente de recursos que les permitiría enfrentar la crisis alimentaria y garantizar la supervivencia de su pueblo.

Los visigodos recibieron la noticia con alegría y gratitud, sabiendo que habían encontrado una solución temporal a la amenaza de hambruna. Pero también sabían que debían seguir buscando nuevas fuentes de recursos y asegurar su supervivencia en un mundo cada vez más peligroso y hostil.

Con la amenaza de hambruna aún presente, Einar y Alaric se dieron cuenta de que necesitaban construir alianzas con otras tribus para asegurar la supervivencia de su pueblo. Sabían que no podían hacer frente a la crisis solos y que necesitaban la ayuda y el apoyo de los demás para superar los retos que se les presentaban.

Una tarde, convocaron a una reunión con los líderes de las tribus vecinas para discutir la posibilidad de formar una alianza para enfrentar la crisis alimentaria. Expresaron sus preocupaciones y compartieron sus hallazgos sobre los recursos que habían descubierto en las montañas cercanas, con la esperanza de poder unirse en solidaridad para garantizar la supervivencia de todos.

Los líderes de las tribus vecinas escucharon atentamente mientras se exponían las preocupaciones y propuestas de Einar y Alaric. Sabían que también estaban luchando contra la escasez de alimentos y que necesitaban encontrar una solución para proteger sus aldeas de la hambruna que se avecinaba.

Después de una larga discusión, los líderes tribales acordaron formar una alianza para abordar juntos la crisis alimentaria. Acordaron compartir recursos y apoyarse mutuamente en momentos de necesidad, reconociendo que solo trabajando juntos podrían superar los desafíos que enfrentaban.

Einar y Alaric respiraron aliviados de que las tribus vecinas estuvieran dispuestas a unirse en solidaridad para hacer frente a la crisis. Sabían que juntos podrían superar cualquier obstáculo que se les presentara y garantizar la supervivencia de todos sus pueblos en tiempos difíciles.

Con la alianza formada, comenzaron a trabajar juntos para recolectar recursos y distribuirlos equitativamente entre las tribus. Trabajaron codo con codo, compartiendo conocimientos y habilidades para garantizar que todos tuvieran suficiente comida y agua para sobrevivir.

Con el paso de los días, la solidaridad entre las tribus crecía y se fortalecía, demostrando que juntas eran más fuertes y capaces de superar cualquier desafío que se les presentara. Con la alianza a su lado, Einar y Alaric sabían que tenían más posibilidades de garantizar la supervivencia de su pueblo y construir un futuro mejor para todos.

A pesar de la formación de la alianza entre las tribus vecinas, Einar y Alaric se enfrentaron a un nuevo desafío: la traición desde dentro de su propio pueblo. Mientras luchaban por asegurar la supervivencia de su pueblo, descubrieron que había individuos dispuestos a traicionarlos por sus propios intereses egoístas.

Una noche oscura, mientras la ciudad dormía, Einar y Alaric fueron alertados por un guardia que informaba de movimientos sospechosos dentro de la fortaleza. Temerosos de ser atacados por enemigos externos, se apresuraron a investigar, solo para descubrir que la amenaza provenía de adentro.

Se encontraron con un grupo de conspiradores que habían planeado traicionarlos y entregar la ciudad a sus enemigos a cambio de riqueza y poder. Einar y Alaric se enfrentaron a los traidores con determinación, sabiendo que debían actuar con rapidez para proteger a su pueblo de la traición y la destrucción.

Después de un tenso enfrentamiento, lograron detener a los traidores y desbaratar su conspiración. Los conspiradores fueron arrestados y llevados ante la justicia, enfrentando las consecuencias de sus acciones deshonestas y egoístas.

Einar y Alaric sabían que la traición era un peligro constante en un mundo lleno de rivalidades y ambiciones desenfrenadas. Sabían que debían permanecer vigilantes y proteger a su pueblo de aquellos que buscarían su destrucción para su propio beneficio personal.

Con los traidores detenidos y la amenaza neutralizada, Einar y Alaric se retiraron a descansar, sabiendo que habían logrado evitar una catástrofe mayor y proteger a su pueblo de la traición que se había infiltrado en sus propias filas. Pero también sabían que el peligro aún acechaba en las sombras, y que debían permanecer vigilantes para proteger a su pueblo de cualquier amenaza que se interpusiera en su camino.

Capítulo 6: La batalla por la supervivencia

Con la amenaza de hambruna y traición aún presente, Einar y Alaric se prepararon para enfrentar su mayor desafío hasta el momento: una batalla por la supervivencia de su pueblo. Sabían que tenían que estar preparados para defenderse de cualquier amenaza que se les presentara, ya fuera interna o externa, si querían asegurar la supervivencia de su comunidad.

Convocaron una reunión de emergencia con los líderes tribales y los guerreros más valientes de Emerita Augusta para discutir estrategias de defensa y preparativos para la guerra. Expresaron su determinación de proteger a su pueblo de cualquier amenaza que se interpusiera en su camino y de garantizar su supervivencia a toda costa.

Durante días, se dedicaron a fortificar las defensas de la ciudad, reparar las murallas y preparar las armas para la batalla que se avecinaba. Reclutaron nuevos guerreros y entrenaron a los jóvenes para que estuvieran listos para defender su hogar en caso de un ataque enemigo.

Einar y Alaric dirigieron los preparativos con determinación y coraje, sabiendo que el destino de su pueblo estaba en juego. Se aseguraron de que cada hombre, mujer y niño estuviera preparado para enfrentar cualquier desafío que se les presentara y proteger su hogar de cualquier amenaza que se interpusiera en su camino.

A medida que se acercaba el momento de la batalla, Einar y Alaric se prepararon para llevar a su pueblo a la victoria o a la derrota. Sabían que la batalla por la supervivencia sería difícil y peligrosa, pero estaban decididos a luchar hasta el final para proteger a su pueblo y garantizar un futuro mejor para todos.

Mientras Emerita Augusta se preparaba para la inminente batalla, los exploradores enviados por Einar y Alaric regresaron con noticias alarmantes: las tribus enemigas se acercaban rápidamente a la ciudad, listas para lanzar un ataque sorpresa y reclamar la tierra para sí mismas.

Einar y Alaric recibieron la noticia con seriedad y determinación, sabiendo que debían estar listos para enfrentarse al enemigo y proteger a su pueblo de la invasión. Convocaron una reunión de emergencia con los líderes tribales y los guerreros más valientes de Emerita Augusta para finalizar los preparativos para la batalla que se avecinaba.

A medida que el sol se ponía en el horizonte, las tribus enemigas se acercaban a la ciudad, sus gritos de guerra resonaban en el aire mientras se preparaban para el ataque. Einar y Alaric observaban con determinación desde las murallas de la ciudad, listos para liderar a su gente en la batalla que decidiría su destino.

Con un rugido ensordecedor, las tribus enemigas lanzaron su ataque contra las murallas de Emerita Augusta, intentando penetrar en la ciudad. Los guerreros visigodos se prepararon para defender su hogar con valentía y determinación, dispuestos a luchar hasta su último aliento para proteger a su pueblo y su tierra.

La batalla fue feroz y sangrienta, con los visigodos luchando con todas sus fuerzas para repeler el ataque enemigo. Flechas y lanzas volaban por el aire, mientras que las espadas chocaban con los escudos en un torbellino de violencia y caos.

Einar y Alaric lideraron la defensa con valentía, luchando en primera línea junto a sus hombres y mujeres más valientes. Cada golpe y cada herida solo servían para alimentar su determinación y fortalecer su determinación de proteger a su pueblo a toda costa.

Cuando la batalla llegó a su clímax, Einar y Alaric vieron la determinación en los rostros de sus guerreros, sabiendo que estaban dispuestos a dar sus vidas por la seguridad de su hogar. Con un grito de guerra, redoblaron sus esfuerzos, decididos a resistir hasta el último aliento y asegurar la victoria para su pueblo.

Mientras la batalla continuaba rugiendo en las murallas de Emerita Augusta, un giro inesperado del destino cambió el curso del conflicto. Justo cuando parecía que las tribus enemigas estaban a punto de romper las defensas de la ciudad, un grupo de aliados inesperados acudió en su ayuda.

Fue la alianza formada por Einar y Alarico con las tribus vecinas, quienes, habiendo sido alertadas del ataque enemigo, acudieron en su ayuda con refuerzos y suministros. Su repentina llegada cambió el equilibrio de poder en el campo de batalla, llenando a los defensores de Emerita Augusta de esperanza y renovada determinación.

Los aliados se lanzaron al combate junto a los visigodos, luchando hombro con hombro contra las tribus enemigas. La sorpresa y el desconcierto se apoderaron de los atacantes mientras se enfrentaban a un enemigo mucho más formidable de lo que habían previsto.

Einar y Alaric lideraron la carga contra las líneas enemigas, inspirando a sus hombres con su valentía y liderazgo. Cada golpe y cada herida infligida a los enemigos era un golpe a la libertad y la supervivencia de su pueblo.

La batalla se convirtió en una lucha desesperada por la supervivencia, con los visigodos y sus aliados luchando con todas sus fuerzas contra las hordas enemigas. Flechas y lanzas se arremolinaban en el aire, mientras las espadas chocaban en un torbellino de acero y sangre.

A medida que la batalla se prolongaba, el sol se elevó en el cielo, iluminando el campo de batalla con una luz dorada. Los visigodos y sus aliados se mantuvieron firmes, resistiendo el ataque enemigo con tenacidad y coraje.

Finalmente, después de horas de feroz lucha, las tribus enemigas se vieron obligadas a retirarse, derrotadas y desmoralizadas por la valentía y la determinación de sus adversarios. Emerita Augusta había prevalecido, protegida por el sacrificio y la determinación de sus valientes defensores.

Einar y Alaric miraron con orgullo al campo de batalla, sabiendo que habían asegurado la supervivencia de su pueblo y protegido su hogar de la destrucción. Con la cabeza en alto y el corazón lleno de gratitud, llevaron a su pueblo de vuelta a la ciudad, listos para reconstruir y forjar un futuro mejor después de la oscuridad de la batalla.

Con la batalla ganada y la amenaza enemiga neutralizada, Einar y Alaric dirigieron sus esfuerzos hacia la reconstrucción de Emerita Augusta y la restauración de la esperanza en su pueblo. A pesar de las pérdidas sufridas durante la batalla, estaban decididos a reconstruir su hogar y asegurar un futuro próspero para todos.

Los visigodos se unieron en solidaridad, trabajando juntos para reparar los daños causados por la batalla y restaurar la ciudad a su antigua gloria. Cada hombre, mujer y niño contribuyó con su parte, demostrando una vez más la fuerza y la resiliencia de su pueblo.

Einar y Alaric supervisaron los esfuerzos de reconstrucción con determinación y coraje, asegurándose de que se cuidara cada detalle y de que ningún sacrificio fuera en vano. Sabían que la reconstrucción de la ciudad sería un proceso largo y arduo, pero estaban decididos a enfrentar los desafíos con coraje y determinación.

Con el paso de los días, el Emerita Augusta comenzó a tomar forma una vez más, renaciendo de las cenizas de la batalla con nuevas fuerzas y vigor. Las calles resonaban con el sonido de martillos y sierras, mientras los visigodos trabajaban juntos para reconstruir su hogar y asegurar un futuro mejor para las generaciones venideras.

Einar y Alaric observaron con gratitud y esperanza cómo la ciudad renacía a su alrededor, sabiendo que habían superado la adversidad y asegurado un futuro mejor para su pueblo. Con la frente en alto y el corazón lleno de determinación, condujeron a su pueblo hacia un nuevo amanecer, listos para enfrentar los desafíos que les deparara el futuro con coraje y resistencia.

Capítulo 7: Desafíos en la oscuridad

Después de la batalla victoriosa, Emerita Augusta se vio inmersa en un período de relativa calma y reconstrucción. Sin embargo, en la oscuridad de la noche, surgió una nueva amenaza que pondría a prueba la determinación y valentía de Einar y Alaric.

Una serie de incidentes misteriosos comenzaron a ocurrir en las afueras de la ciudad, dejando a los visigodos desconcertados y temerosos. El ganado perdido, las cosechas arruinadas y los extraños rumores de figuras que acechaban en las sombras llenaron los corazones de las personas con miedo y preocupación.

Einar y Alaric sabían que debían investigar estos extraños sucesos y proteger a su gente de cualquier amenaza que acechaba en las sombras. Convocaron a un grupo de valientes exploradores y se aventuraron en los oscuros bosques que rodeaban la ciudad, decididos a descubrir la verdad detrás de los disturbios nocturnos.

A medida que se adentraban en la oscuridad del bosque, una sensación de peligro e inquietud se apoderó del grupo. Los árboles crujían ominosamente a su alrededor, y el sonido de las ramas rompiéndose bajo el peso de algo grande y pesado los llenaba de inquietud.

De repente, fueron atacados por una horda de criaturas salvajes, que emergían de las sombras con ferocidad y furia. Los visigodos lucharon valientemente contra sus atacantes, enfrentándolos con espadas y lanzas mientras intentaban abrirse camino a través del oscuro bosque.

A medida que la batalla se prolongaba, Einar y Alaric se dieron cuenta de que estaban siendo conducidos a algo mucho más siniestro y peligroso de lo que habían anticipado. Sus enemigos parecían estar trabajando en tándem, coordinando sus ataques de manera inteligente y estratégica.

Decididos a descubrir la verdad detrás de los misteriosos incidentes, Einar y Alaric llevaron a su grupo a lo más profundo de los bosques, siguiendo el rastro de destrucción y caos dejado por sus enemigos. Sabían que estaban entrando en un territorio desconocido y peligroso, pero estaban decididos a enfrentar cualquier desafío que se les presentara en su búsqueda de la verdad.

A medida que avanzaban por los oscuros bosques, el grupo de exploradores liderado por Einar y Alaric se encontró con un paisaje cada vez más desolado y ominoso. Los árboles parecían retorcerse en formas retorcidas y grotescas, mientras que el aire estaba impregnado de una sensación de inquietud y peligro.

De repente, fueron emboscados por una nueva amenaza: criaturas de sombra monstruosas y deformes que emergieron de los rincones más oscuros del bosque con garras afiladas y ojos brillantes de odio. Los visigodos se encontraron luchando por sus vidas contra un enemigo que no podían comprender o derrotar fácilmente.

Einar y Alaric lideraron la defensa con valentía, luchando en primera línea junto a sus hombres y mujeres más valientes. Cada golpe y cada herida infligida a las criaturas era una prueba de su determinación y coraje, mientras luchaban por proteger a su grupo de la amenaza que se cernía sobre ellos.

A medida que la batalla se prolongaba, los visigodos se dieron cuenta de que estaban siendo superados en número y en número por sus enemigos. Las criaturas de las sombras parecían estar en todas partes, acechando en las sombras y atacando desde todos los ángulos posibles.

Desesperados por encontrar una salida a la emboscada mortal, Einar y Alaric llevaron a su grupo a un antiguo templo en ruinas que se encontraba en el centro del bosque. Con la esperanza de encontrar refugio y respuestas dentro de sus muros, se adentraron en la oscuridad, enfrentándose a los peligros que acechaban en cada esquina.

Al llegar al templo, descubrieron que estaba habitado por una figura misteriosa y sombría, un ser antiguo y poderoso que parecía conocer los oscuros secretos del bosque y las criaturas que lo habitaban. Einar y Alaric se enfrentaron valientemente al ser, exigiendo respuestas sobre los misterios que habían estado atormentando a su pueblo.

Sin embargo, lo que descubrieron fue más inquietante de lo que habían previsto. El ser les reveló que las criaturas de las sombras eran el resultado de una antigua maldición que había caído sobre el bosque, transformando a los habitantes en monstruos deformes y sedientos de sangre.

Con esta revelación, Einar y Alaric comprendieron que su lucha no era solo contra las criaturas de las sombras, sino contra una fuerza oscura y antigua que amenazaba con consumir todo a su paso. Decididos a detener la maldición y proteger a su pueblo, se prepararon para enfrentarse a su enemigo con renovada determinación y coraje inquebrantable.

Con la verdad revelada y una nueva comprensión de la amenaza a la que se enfrentaban, Einar y Alaric se embarcaron en una búsqueda desesperada para encontrar una manera de romper la antigua maldición que había caído sobre el bosque y sus habitantes. Sabían que debían actuar con rapidez si querían proteger a su pueblo de la oscuridad que se cernía sobre ellos.

Guiados por el misterioso ser que habitaba el templo en ruinas, se aventuraron en las profundidades del bosque, buscando respuestas en textos antiguos y artefactos olvidados. Cada paso que daban los acercaba más a la verdad detrás de la maldición y a una posible solución para detener su avance.

A medida que avanzaban, se enfrentaban a nuevos peligros y desafíos, desde trampas mortales hasta criaturas aún más peligrosas que las que habían encontrado antes. Sin embargo, su determinación nunca flaqueó, y siguieron adelante con valentía, listos para enfrentar cualquier obstáculo que se interpusiera en su camino.

Finalmente, después de días de búsqueda exhaustiva, encontraron lo que buscaban: un antiguo altar escondido en lo profundo del bosque, donde la maldición había sido creada hace siglos. Sabían que este era el lugar donde debían enfrentarse a su enemigo y romper el hechizo que había sumido el bosque en la oscuridad.

Con el corazón lleno de coraje y determinación, Einar y Alaric se prepararon para enfrentarse al ser oscuro que había causado tanto sufrimiento a su pueblo. Armados con espadas y escudos, avanzaron hacia el altar, listos para enfrentar su destino con coraje y determinación.

A medida que se acercaban al altar, fueron emboscados por una última ola de criaturas de sombra, que emergieron de las sombras con ferocidad y furia. Sin embargo, los visigodos no retrocedieron ante el desafío, luchando con todas sus fuerzas para abrirse camino hasta el altar y enfrentarse a su enemigo final.

Con un grito de guerra, Einar y Alaric se apresuraron al ataque, enfrentándose al ser oscuro con coraje y determinación. Cada golpe y cada herida infligida era un paso más hacia la redención y la salvación de su pueblo, que luchaba por romper el hechizo que había sumido al bosque en la oscuridad durante tanto tiempo.

La batalla que se libró en el altar oculto fue épica y despiadada, con Einar y Alaric luchando valientemente contra el ser oscuro que había sido la causa de tanto sufrimiento y oscuridad en el bosque. Cada golpe y cada herida infligida era un paso más hacia la liberación de su pueblo y la redención de su tierra.

A medida que la batalla llegaba a su clímax, Einar y Alaric se dieron cuenta de que estaban luchando no solo por su propia supervivencia, sino por el futuro de su pueblo y de todas las generaciones venideras. Con esta renovada comprensión de la importancia de su lucha, redoblaron sus esfuerzos, decididos a no rendirse a la oscuridad que amenazaba con consumirlos.

Finalmente, después de una lucha feroz y despiadada, lograron derrotar al ser oscuro, rompiendo el hechizo que había mantenido el bosque en la oscuridad durante tanto tiempo. Con un último grito de triunfo, observaron cómo la luz del sol se filtraba a través de las ramas de los árboles, disipando las sombras y devolviendo la vida y la esperanza al bosque una vez más.

Einar y Alaric se miraron el uno al otro con gratitud y alivio, sabiendo que habían triunfado sobre el mal y asegurado un futuro mejor para su pueblo. Con el corazón lleno de esperanza y determinación, regresaron a Emerita Augusta, listos para enfrentar los desafíos que les depare el futuro con coraje y resiliencia.

A medida que el sol se ponía en el horizonte, iluminando el camino hacia un nuevo día, los visigodos celebraron su victoria con alegría y gratitud. Sabían que, aunque habían enfrentado muchas pruebas y tribulaciones en el camino, habían emergido más fuertes y unidos que nunca, listos para enfrentar cualquier desafío que les deparara el futuro con valor y determinación.

Capítulo 8: La luz de la esperanza

Después de la victoria sobre la oscuridad que había amenazado al bosque y a su gente, Einar y Alaric regresaron a Emerita Augusta con el corazón lleno de esperanza y determinación. Sabían que su lucha aún no había terminado, pero ahora estaban seguros de que podían enfrentar cualquier desafío que el futuro les presentara con coraje y resistencia.

Al llegar a la ciudad, fueron recibidos con alegría y gratitud por su gente, que los recibió como héroes y salvadores. Sin embargo, sabían que aún quedaba mucho por hacer para reconstruir su hogar y garantizar un futuro próspero para todos.

Einar y Alaric se pusieron manos a la obra de inmediato, liderando los esfuerzos de reconstrucción y restauración con determinación y coraje. Cada calle y edificio dañado por la batalla fue restaurado con cuidado y atención, mientras que el espíritu de la ciudad se elevó con cada ladrillo colocado y cada viga levantada.

Con el paso de los días, Emerita Augusta comenzó a recuperar su antigua gloria, renacida de las cenizas de la batalla con nuevas fuerzas y vigor. Los visigodos trabajaron juntos en solidaridad, demostrando una vez más la fuerza y la resistencia de su pueblo.

Einar y Alaric supervisaron los esfuerzos de reconstrucción con gratitud y esperanza, sabiendo que estaban creando un futuro mejor para las generaciones venideras. A medida que la ciudad renacía a su alrededor, se llenaron de alegría y gratitud por la oportunidad de servir a su gente y garantizar un futuro próspero para todos.

Con cada edificio restaurado y cada calle reconstruida, Emerita Augusta se convirtió en un símbolo de esperanza y renovación, recordando a todos que, incluso en los momentos más oscuros, siempre había luz al final del túnel. Einar y Alaric sabían que su lucha aún no había terminado, pero estaban preparados para afrontar cualquier reto que les deparara el futuro con valentía y determinación, sabiendo que juntos podrían superar cualquier obstáculo que se interpusiera en su camino.

A pesar de la victoria sobre la oscuridad que había atormentado el bosque y su gente, Einar y Alaric no podían ignorar la sombra del pasado que aún se cernía sobre ellos. Había asuntos pendientes que necesitaban enfrentar y resolver antes de que pudieran esperar un futuro completamente brillante y sin preocupaciones.

Uno de estos temas era el regreso de los viejos enemigos, aquellos que habían sido derrotados, pero no olvidados. Comenzaron a circular rumores sobre tribus enemigas que planeaban vengar la derrota sufrida en la batalla anterior, buscando una oportunidad para atacar a los visigodos cuando eran más vulnerables.

Einar y Alaric sabían que debían prepararse para hacer frente a esta nueva amenaza y proteger a su pueblo de cualquier intento de venganza. Convocaron a sus guerreros más valientes y comenzaron a fortificar las defensas de la ciudad, preparándose para el inevitable enfrentamiento que se asomaba en el horizonte.

Con el paso de los días, la tensión en Emerita Augusta crecía, mientras los visigodos se preparaban para el inevitable enfrentamiento con sus antiguos enemigos. Todos los hombres, mujeres y niños se unieron en solidaridad, dispuestos a defender su hogar y su libertad contra cualquier amenaza que se interpusiera en su camino.

Einar y Alaric lideraron los esfuerzos de preparación con determinación y coraje, sabiendo que se enfrentaban a una nueva prueba de su fuerza y resiliencia como pueblo. A pesar de las dificultades que se avecinaban, estaban decididos a proteger a su pueblo y garantizar un futuro próspero para todos, sin importar cuánto tiempo pudiera llevar.

Con la amenaza de antiguos enemigos en el horizonte, Einar y Alaric se vieron obligados a buscar aliados entre las tribus vecinas para fortalecer sus defensas y aumentar sus posibilidades de éxito en el próximo enfrentamiento. Sabían que no podían hacer frente solos a la amenaza inminente y que la unidad era esencial para la supervivencia de su pueblo.

Después de cuidadosas negociaciones y discusiones diplomáticas, lograron forjar una alianza con varias tribus vecinas, uniéndose en solidaridad contra la amenaza común que se cernía sobre ellos. Juntos, reunieron a sus guerreros más valientes y comenzaron a prepararse para el enfrentamiento que se avecinaba.

La alianza entre las tribus fue una prueba de la fuerza y la determinación de los visigodos, demostrando que eran capaces de superar las diferencias y unirse en tiempos de adversidad para proteger lo que más valoraban: su libertad y su hogar.

A medida que pasaban los días, la alianza se fortalecía, ya que los guerreros de las diferentes tribus entrenaban juntos y compartían conocimientos y estrategias para el próximo enfrentamiento. Había un sentido de camaradería y solidaridad entre ellos, unidos por un objetivo común y una determinación compartida de proteger a sus seres queridos y su patria.

Einar y Alaric lideraron la alianza con coraje y sabiduría, inspirando a sus compañeros a dar lo mejor de sí mismos en la batalla que se avecinaba. Sabían que el camino que tenían por delante sería difícil y peligroso, pero estaban decididos a afrontarlo juntos, con coraje y determinación, sabiendo que sólo trabajando en unidad podrían superar cualquier obstáculo que se interpusiera en su camino hacia la victoria.

Por fin llegó el día tan temido, con el sol saliendo en el horizonte y anunciando el inicio del enfrentamiento entre los visigodos y sus antiguos enemigos. Las tribus aliadas se reunieron en las afueras de Emerita Augusta, listas para enfrentar la amenaza que se cernía sobre ellas con coraje y determinación.

Einar y Alaric lideraron a sus guerreros con habilidad y coraje, inspirando a todos con su liderazgo y determinación. Con el corazón lleno de esperanza y determinación, se abrieron paso hacia el campo de batalla, listos para enfrentar a sus enemigos con una valentía que solo los verdaderos guerreros poseían.

La batalla fue feroz y despiadada, con los visigodos y sus aliados luchando con todas sus fuerzas contra las hordas de enemigos que se abalanzaban sobre ellos. Cada golpe y cada herida infligida eran un recordatorio de la brutalidad de la guerra y de la determinación de los guerreros que luchaban por su libertad y su hogar.

A medida que la batalla se prolongaba, los visigodos comenzaron a ganar terreno, haciendo retroceder a sus enemigos con una ferocidad que los sorprendió. Con cada carga y cada embestida, se acercaban más a la victoria que anhelaban, sabiendo que estaban luchando por algo más que la supervivencia, estaban luchando por su libertad y su futuro.

Finalmente, después de horas de feroz combate, los visigodos y sus aliados salieron victoriosos, con los cuerpos de sus enemigos esparcidos por el campo de batalla y el sonido de la victoria resonando en el aire. Einar y Alaric se abrazaron con gratitud y alivio, sabiendo que habían triunfado sobre la adversidad y asegurado un futuro mejor para su pueblo.

Capítulo 9: El renacimiento de la esperanza

Después de la épica batalla que aseguró la victoria de los visigodos y sus aliados sobre sus antiguos enemigos, Emerita Augusta se sumergió en un ambiente de celebración y alegría. Las calles resonaron con el sonido de la música y las risas, mientras los ciudadanos se reunían para conmemorar la valentía y el sacrificio de los guerreros que habían luchado por su libertad y su hogar.

Einar y Alaric fueron recibidos como héroes, aclamados por su valiente liderazgo y su inquebrantable determinación. Sin embargo, sabían que la verdadera celebración no podía comenzar hasta que todos los visigodos regresaran sanos y salvos a sus hogares.

Con el corazón lleno de gratitud y alivio, los visigodos se reunieron en el centro de la ciudad para rendir homenaje a los caídos y celebrar la victoria que habían logrado con tanto coraje y determinación. La plaza central se convirtió en un lugar de reunión y celebración, con banquetes y festividades que duraban días.

Einar y Alaric dirigieron las festividades con gratitud y humildad, sabiendo que la verdadera victoria no había sido solo suya, sino de todo su pueblo. Estaban felices de ver la sonrisa en los rostros de sus compañeros de equipo, sabiendo que habían asegurado un futuro mejor para todos con su coraje y sacrificio.

Al caer la noche sobre la ciudad, iluminada por antorchas y hogueras, los visigodos se unieron para cantar y bailar, celebrando la esperanza y la renovación que habían traído consigo. Sabían que el camino por delante sería difícil y lleno de desafíos, pero estaban listos para enfrentarlo con coraje y determinación, sabiendo que juntos podrían superar cualquier obstáculo que se interpusiera en su camino hacia un futuro más brillante y lleno de esperanza.

Con la celebración de la victoria aún resonando en las calles de Emerita Augusta, llegó el momento de afrontar la monumental tarea de reconstruir y restaurar la ciudad después de los estragos de la batalla. Einar y Alaric lideraron los esfuerzos de reconstrucción con determinación y determinación, sabiendo que debían restaurar su hogar para garantizar un futuro próspero para su pueblo.

Los visigodos trabajaron incansablemente, erigiendo edificios y reparando calles con renovada determinación. Cada ladrillo colocado y cada viga erigida fue un testimonio del espíritu y la fuerza de su pueblo, demostrando que juntos podían superar cualquier desafío que se interpusiera en su camino.

Con el paso de los días, Emerita Augusta comenzó a renacer de las cenizas de la batalla, recuperando su antiguo esplendor con cada edificio restaurado y cada calle reparada. El espíritu de la ciudad se elevó con cada paso dado hacia la reconstrucción, ya que los visigodos trabajaron juntos en solidaridad para restaurar su hogar y asegurar un futuro próspero para todos.

Einar y Alaric supervisaron los esfuerzos de reconstrucción con gratitud y esperanza, sabiendo que estaban construyendo algo más que edificios y calles, estaban construyendo un futuro mejor para las generaciones venideras. A pesar de los desafíos a los que se enfrentaban, no perdían de vista su objetivo final: garantizar un hogar seguro y próspero para su pueblo, en el que pudieran vivir en paz y libertad para las generaciones venideras.

A medida que Emerita Augusta se reconstruía físicamente, también comenzó a sanar las heridas emocionales dejadas por años de conflicto y división. Einar y Alaric se dedicaron a promover la reconciliación entre las diferentes facciones dentro de la ciudad, buscando unir a su gente en solidaridad y armonía.

Organizaron reuniones y debates entre los líderes de diferentes grupos, fomentando el diálogo y la comprensión mutua. A través de conversaciones honestas y respetuosas, comenzaron a construir puentes entre quienes habían sido enemigos en el pasado, buscando un camino hacia la paz y la reconciliación.

Con el tiempo, las divisiones comenzaron a desvanecerse y las diferencias se convirtieron en puntos de conexión y comprensión. Emerita Augusta se convirtió en un símbolo de esperanza y reconciliación, demostrando que incluso las heridas más profundas pueden sanar con tiempo y esfuerzo dedicados a la comprensión y el perdón.

Einar y Alaric lideraron el proceso de reconciliación con humildad y compasión, sabiendo que la verdadera fuerza de su pueblo residía en su capacidad para superar las diferencias y unirse en tiempos de adversidad. A medida que Emerita Augusta avanzaba hacia un futuro más brillante y lleno de esperanza, se convirtió en un faro de luz y reconciliación en un mundo lleno de oscuridad y división.

Con la reconstrucción casi terminada y las heridas del pasado sanando lentamente, Einar y Alaric se reunieron con los líderes de las tribus aliadas para celebrar el final de una era de conflicto y división y el comienzo de un nuevo capítulo en la historia de su pueblo.

En una ceremonia solemne y emotiva, renovaron su compromiso con la paz y la amistad entre sus pueblos, prometiendo trabajar juntos en solidaridad y armonía para construir un futuro mejor para todos. Intercambiaron juramentos de lealtad y amistad, sellando su alianza con la promesa de trabajar juntos hacia un futuro más brillante y lleno de esperanza.

A medida que el sol se ponía en el horizonte, iluminando el cielo con tonos dorados y rosas, los visigodos y sus aliados se unieron en canciones y celebraciones, regocijándose en la promesa de un nuevo comienzo y un futuro lleno de posibilidades.

Einar y Alaric miraban hacia el futuro con esperanza y determinación, sabiendo que aún quedaban desafíos por delante, pero confiando en que juntos podrían superar cualquier obstáculo que se interpusiera en su camino hacia la paz y la prosperidad. Con el corazón lleno de gratitud y esperanza, se prepararon para enfrentar el futuro con coraje y determinación, sabiendo que juntos podrían construir un hogar seguro y próspero para su pueblo, donde reinaran la paz y la armonía.

Capítulo 10: El camino hacia el futuro

Con la paz y la reconciliación establecidas en Emerita Augusta, Einar y Alaric se embarcaron en una nueva fase de su liderazgo, guiando a su pueblo hacia un futuro de esperanza y prosperidad. Sabían que el camino por delante sería difícil, pero estaban decididos a enfrentarlo con coraje y determinación, sabiendo que juntos podrían superar cualquier desafío que se interpusiera en su camino.

A medida que la ciudad se recuperaba y se fortalecía, Einar y Alaric se dedicaron a buscar nuevas oportunidades para su gente, explorando nuevas tierras y estableciendo relaciones comerciales con otras tribus y civilizaciones. Su visión era una Emerita Augusta próspera y vibrante, un centro de comercio y cultura que atraía a personas de todas partes en busca de oportunidades y aventuras.

Con cada nueva alianza y cada nuevo acuerdo comercial, la ciudad se hizo más fuerte y próspera, floreciendo bajo el sabio y compasivo liderazgo de Einar y Alaric. Los visigodos miraban al futuro con esperanza y optimismo, sabiendo que estaban en el camino correcto hacia un futuro mejor para ellos y para las generaciones venideras.

Einar y Alaric lideraron con sabiduría y visión, inspirando a su gente a seguir adelante con coraje y determinación. Sabían que el camino por delante sería difícil y lleno de desafíos, pero estaban listos para enfrentarlo juntos, con la certeza de que juntos podrían superar cualquier obstáculo que se interpusiera en su camino hacia un futuro más brillante y lleno de esperanza.

Con la ciudad reconstruida y la paz asegurada, Emerita Augusta comenzó a crecer y expandirse bajo el liderazgo de Einar y Alaric. Los visigodos trabajaron juntos en solidaridad, construyendo nuevas viviendas y ampliando los límites de la ciudad para dar cabida a la creciente población y a los comerciantes y viajeros que venían de todas partes en busca de oportunidades.

Einar y Alaric fomentaron la unidad y el crecimiento de la ciudad, promoviendo la cooperación entre diferentes sectores de la sociedad y asegurando que todos tuvieran la oportunidad de contribuir al desarrollo y la prosperidad de Emerita Augusta. Su visión era una ciudad diversa y próspera, donde todas las personas, sin importar su origen o estatus, pudieran prosperar y encontrar su lugar en la sociedad.

A medida que la ciudad crecía, también lo hacían sus oportunidades, con nuevos negocios y negocios que florecían en cada rincón de Emerita Augusta. Los visigodos comerciaban con otras tribus y civilizaciones, intercambiando bienes y conocimientos que enriquecían la vida de todos en la ciudad y aseguraban su posición como centro de comercio y cultura en la región.

Einar y Alaric lideraron el crecimiento de la ciudad con sabiduría y visión, asegurándose de que cada paso dado fuera en beneficio de su gente y de las generaciones venideras. Sabían que el camino por delante sería largo y lleno de desafíos, pero estaban decididos a enfrentarlo con coraje y determinación, sabiendo que juntos podrían construir un futuro mejor y lleno de oportunidades para todos los habitantes de Emerita Augusta.

Con la ciudad floreciente y la paz asegurada, Einar y Alaric centraron sus esfuerzos en la búsqueda del conocimiento y la educación. Reconocieron que el conocimiento era la clave para el progreso y la prosperidad de su pueblo, y se dedicaron a promover la educación y el aprendizaje en todas sus formas.

Establecieron escuelas y academias en toda la ciudad, donde jóvenes y adultos podían estudiar una amplia variedad de disciplinas, desde la literatura y las artes hasta la ciencia y la filosofía. Fomentaron el intercambio de ideas y el debate abierto, creando un entorno intelectual vibrante y estimulante en el que el conocimiento floreció y prosperó.

Los visigodos aprovecharon la oportunidad de aprender y crecer, buscando el conocimiento y la sabiduría en todas partes. La ciudad se convirtió en un faro de aprendizaje y conocimiento, atrayendo a eruditos y pensadores de todas partes en busca de inspiración y conocimiento.

Einar y Alaric lideraron la búsqueda del conocimiento con pasión y dedicación, sabiendo que el conocimiento era la clave para el progreso y la prosperidad de su pueblo. Estaban decididos a garantizar que todos los visigodos tuvieran la oportunidad de alcanzar su máximo potencial, sabiendo que el conocimiento era el camino hacia un futuro mejor y más brillante para todos.

Con la expansión y el crecimiento de Emerita Augusta, Einar y Alaric reconocieron la importancia de preservar y celebrar la rica cultura y el patrimonio de su pueblo. Se dedicaron a promover las artes y tradiciones visigodas, asegurándose de que cada generación pudiera conectar con su pasado y sentirse orgullosa de su identidad cultural.

Organizaron festivales y celebraciones en toda la ciudad, donde la música, la danza y las artes visuales florecieron y prosperaron. Los visigodos celebraban sus tradiciones con orgullo y entusiasmo, honrando a sus antepasados y fortaleciendo los lazos que los unían como pueblo.

Einar y Alarico también se dedicaron a preservar la historia y la literatura visigoda, asegurándose de que las historias y enseñanzas de su pueblo se transmitieran de generación en generación. Establecieron bibliotecas y archivos por toda la ciudad, donde los visigodos podían estudiar y aprender sobre su pasado y legado.

A medida que la ciudad prosperaba, también lo hacía su cultura, floreciendo y creciendo con cada nueva generación. Einar y Alarico lideraron la preservación de la cultura visigoda con amor y dedicación, sabiendo que era la clave para mantener vivo el patrimonio de su pueblo y asegurar un futuro lleno de orgullo y prosperidad para todos los visigodos.

Capítulo 11: La sombra del conflicto

A medida que Emerita Augusta florecía bajo el liderazgo de Einar y Alaric, comenzaron a circular rumores de guerra en la región. Los mensajeros llegaban con noticias inquietantes de que las tribus vecinas se preparaban para la batalla, ansiosas por expandir su territorio y aumentar su poder.

Einar y Alaric se reunieron con líderes de otras tribus para buscar una solución pacífica a la creciente tensión, pero sus esfuerzos fueron en vano. Las tribus vecinas estaban decididas a luchar, convencidas de que solo a través de la guerra podrían asegurar su supervivencia y prosperidad.

Los visigodos se preparaban para la batalla, entrenando a sus guerreros y fortificando las defensas de la ciudad. Einar y Alaric sabían que la guerra era inevitable, pero estaban decididos a proteger a su gente y defender su hogar cueste lo que cueste.

A medida que aumentaban las tensiones y se acercaba la guerra, Einar y Alaric se enfrentaron a una difícil elección: luchar por la paz o prepararse para la batalla y defender a su pueblo. Con el corazón apesadumbrado pero decidido, se prepararon para enfrentar el desafío que se interponía en su camino y proteger a su pueblo de la amenaza que se cernía sobre ellos.

Con la amenaza de guerra en el horizonte, Emerita Augusta se convirtió en un hervidero de actividad mientras los visigodos se preparaban para un conflicto inminente. Einar y Alaric lideraron los esfuerzos de preparación, organizando a sus guerreros y fortificando las defensas de la ciudad en previsión de la batalla que se avecinaba.

Se convocaron consejos de guerra, donde se discutieron estrategias y tácticas para enfrentar a los enemigos que se congregaban en las fronteras de su territorio. Los visigodos entrenaron incansablemente, perfeccionando sus habilidades de combate y preparándose para defender su hogar con valentía y determinación.

A medida que pasaban los días y aumentaba la tensión, Emerita Augusta se convirtió en un bastión de preparación y resistencia, lista para enfrentar cualquier desafío que se interpusiera en su camino. Einar y Alaric lideraron con coraje y determinación, inspirando a su gente a mantenerse firmes y enfrentar el conflicto con coraje y determinación.

Con la guerra a punto de estallar, Einar y Alarico hicieron un llamamiento a las armas, convocando a todos los hombres capaces de luchar para unirse a la defensa de Emerita Augusta. Desde los jóvenes guerreros hasta los ancianos experimentados, todos se unieron en solidaridad para proteger su hogar y su familia de la amenaza que se cernía sobre ellos.

Se levantaron murallas y se fortificaron las defensas de la ciudad, mientras los visigodos se preparaban para el asalto que se avecinaba. Einar y Alaric instaron a su pueblo a mantenerse firme y luchar con valentía, recordándoles la importancia de defender su hogar y su libertad a cualquier precio.

Los tambores de guerra resonaron por toda la ciudad, mientras los visigodos se preparaban para enfrentarse a sus enemigos con coraje y determinación. A pesar del peligro al que se enfrentaban, no vacilaron en su determinación de proteger a su pueblo y su hogar de la amenaza que se cernía sobre ellos.

Por fin llegó el día de la batalla, y los visigodos se enfrentaron valientemente a sus enemigos en un enfrentamiento épico por el control de Emerita Augusta. Las calles resonaban con el choque de espadas y el rugido de las catapultas mientras los visigodos luchaban valientemente para defender su hogar y su libertad.

Einar y Alaric lideraron la defensa con coraje y determinación, luchando en primera línea junto a sus hombres mientras se enfrentaban a interminables oleadas de enemigos decididos a derribar las murallas de la ciudad. A pesar de las dificultades y los sacrificios, los visigodos se mantuvieron firmes, decididos a proteger lo que más amaban.

La batalla fue feroz y despiadada, y ambos bandos sufrieron pérdidas significativas mientras luchaban por la supremacía. Sin embargo, a pesar de las adversidades, los visigodos se mantuvieron firmes, decididos a no ceder ante la amenaza que se cernía sobre ellos.

Finalmente, después de horas de lucha desesperada, los visigodos salieron victoriosos, repeliendo a sus enemigos y asegurando la supervivencia y libertad de Emerita Augusta. Con el corazón lleno de gratitud y determinación, celebraron su victoria, sabiendo que habían enfrentado el mayor desafío de sus vidas y habían salido triunfantes.

Capítulo 12: La sombra del conflicto

Los visigodos se encontraban en un momento de relativa calma tras los esfuerzos por reconstruir Emerita Augusta y establecer la paz en la región. Sin embargo, esta tranquilidad se vio amenazada por la llegada de rumores inquietantes que comenzaron a circular entre los habitantes de la ciudad y pueblos vecinos.

Los rumores hablaban de tribus vecinas que estaban reuniendo fuerzas y preparándose para lanzar ataques contra territorios visigodos. Llegaban mensajeros con noticias alarmantes de movimientos de tropas y preparativos para la guerra en las fronteras del territorio visigodo, lo que sembró el miedo y la incertidumbre entre la población.

Einar y Alaric se reunieron con sus asesores más cercanos para analizar la situación y evaluar las posibles amenazas que se cernían sobre ellos. La posibilidad de un conflicto inminente pesaba sobre sus hombros, y sabían que tenían que estar preparados para enfrentar cualquier desafío que se les presentara.

A medida que los rumores se extendían y la tensión aumentaba, Einar y Alaric se vieron obligados a tomar medidas para proteger su aldea y su hogar de la amenaza que se avecinaba. Con el corazón lleno de determinación, se prepararon para enfrentar el desafío que se interponía en su camino y garantizar la supervivencia y la seguridad de Emerita Augusta a cualquier costo.

Ante la creciente amenaza de guerra, Einar y Alaric tomaron medidas decisivas para preparar a su pueblo para el inminente conflicto. Convocaron un consejo de guerra en el que se discutieron estrategias y tácticas para hacer frente a posibles enemigos. Los líderes militares visigodos planificaban meticulosamente cada paso, evaluando las fortalezas y debilidades de su ejército y anticipándose a los movimientos de sus adversarios.

Se intensificó el entrenamiento de los guerreros, con sesiones diarias de prácticas de combate y simulacros de batalla para garantizar que estuvieran en óptimas condiciones para el combate. Los visigodos fortificaron las defensas de Emerita Augusta, reparando murallas y construyendo bastiones para proteger la ciudad de posibles ataques.

Además de los preparativos militares, Einar y Alaric también se aseguraron de que la ciudad estuviera abastecida y preparada para resistir un posible asedio. Se almacenaron alimentos y suministros, se reforzaron las reservas de agua y se establecieron rutas de escape en caso de que la ciudad fuera sitiada.

A medida que pasaban los días y aumentaba la tensión, Emerita Augusta se convirtió en un bastión de preparación y resistencia, lista para enfrentar cualquier desafío que se interpusiera en su camino. Einar y Alaric lideraron con coraje y determinación, inspirando a su gente a mantenerse firmes y enfrentar el conflicto con coraje y determinación.

Con la amenaza de guerra cada vez más cerca, Einar y Alaric hicieron un llamamiento urgente a todas las personas capaces de luchar para que se unieran a la defensa de Emerita Augusta. Desde jóvenes guerreros hasta ancianos, todos respondieron a la llamada, listos para proteger su ciudad y su hogar de cualquier peligro.

Se formaron unidades de combate y se distribuyeron armas y equipos entre los voluntarios, mientras la ciudad se preparaba para enfrentar la batalla que se avecinaba. Los tambores de guerra resonaron en las calles, mientras los visigodos se preparaban para enfrentarse a sus enemigos con coraje y determinación.

Einar y Alaric lideraron la preparación de la defensa, organizando las fuerzas y estableciendo estrategias para proteger la ciudad de cualquier ataque. Inspiraron a su pueblo a mantenerse firme y luchar con honor, recordándoles la importancia de defender su hogar y su libertad a cualquier costo.

A medida que los visigodos se preparaban para la batalla, sintieron un sentido de unidad y propósito, sabiendo que estaban luchando por algo más grande que ellos mismos. Con el corazón lleno de coraje y determinación, se dispusieron a enfrentar el desafío que se interponía en su camino y proteger lo que más amaban.

Por fin llegó el día de la batalla, y Emerita Augusta se convirtió en el escenario de un épico enfrentamiento entre los visigodos y sus enemigos. Las calles resonaron con el rugido de la batalla mientras los dos bandos se enfrentaban en una feroz batalla por el control de la ciudad.

Los visigodos lucharon con valentía y determinación, defendiendo cada centímetro de terreno con ferocidad contra las hordas de enemigos que se abalanzaban sobre ellos. Einar y Alaric lideraron la defensa con valentía, luchando en primera línea junto a sus hombres mientras se enfrentaban a interminables oleadas de atacantes decididos a derribar las murallas de la ciudad.

La batalla fue feroz y despiadada, y ambos bandos sufrieron importantes pérdidas en la lucha por el control de Emerita Augusta. Sin embargo, los visigodos se mantuvieron firmes, decididos a no ceder ante la amenaza que se cernía sobre ellos.

Después de horas de lucha desesperada, los visigodos salieron victoriosos, repeliendo a sus enemigos y asegurando la supervivencia y la libertad de Emerita Augusta. Con el corazón lleno de gratitud y determinación, celebraron su victoria, sabiendo que habían enfrentado el mayor desafío de sus vidas y habían salido triunfantes.

Capítulo 13: La reconstrucción después de la batalla

Tras la intensa batalla por Emerita Augusta, la ciudad y sus habitantes quedaron marcados por los estragos de la guerra. Las calles estaban llenas de escombros y ruinas, testigos mudos de los enfrentamientos que se habían producido. Muchas casas y edificios han resultado dañados o destruidos, dejando a numerosas familias sin hogar.

Einar y Alaric caminaron por las calles de la ciudad, observando con tristeza la devastación que había dejado la batalla. Se comprometieron a reconstruir Emerita Augusta y devolverle su antigua gloria, sabiendo que sería un proceso largo y arduo pero necesario para asegurar el futuro de su pueblo.

Se organizaron cuadrillas de trabajo para despejar las calles y retirar los escombros, mientras se evaluaban los daños al edificio y se planificaban las reparaciones necesarias. Los visigodos se unieron en solidaridad, trabajando juntos para reconstruir su ciudad y su hogar.

Con el paso de los días, Emerita Augusta comenzó a tomar forma una vez más, con las ruinas siendo reemplazadas por nuevos edificios y estructuras. A pesar de los desafíos a los que se enfrentaron, los visigodos se mantuvieron firmes en su determinación de reconstruir su ciudad y garantizar un futuro próspero para las generaciones venideras.

Con la remoción de los escombros de la batalla y los edificios en proceso de reconstrucción, Emerita Augusta comenzó a vislumbrar un nuevo comienzo. Los visigodos se unieron en un esfuerzo conjunto para restaurar su ciudad y su hogar, trabajando incansablemente para construir un futuro mejor después de la devastación de la guerra.

Se establecieron programas de ayuda y apoyo para las familias afectadas por la batalla, proporcionándoles alimentos, refugio y asistencia médica. Los líderes visigodos se comprometieron a cuidar de su pueblo y a asegurarse de que nadie se quedara atrás en el proceso de reconstrucción.

Se organizaron equipos de trabajo para reconstruir los edificios y estructuras dañados, con albañiles, carpinteros y otros artesanos trabajando juntos para restaurar la belleza y la vitalidad de Emerita Augusta. Cada día, la ciudad comenzaba a tomar forma una vez más, con nuevos edificios y estructuras que surgían de las cenizas de la batalla.

Cuando Emerita Augusta se levantó de nuevo, los visigodos se llenaron de esperanza y determinación, sabiendo que estaban construyendo un futuro mejor para ellos y para las generaciones futuras. A pesar de los desafíos que enfrentaron, se aferraron a la creencia de que juntos podrían superar cualquier obstáculo y forjar un destino brillante para su ciudad y pueblo.

No solo las estructuras físicas requerían reconstrucción, sino también la moral y el espíritu de la comunidad visigoda. La batalla había dejado cicatrices emocionales en muchos de los habitantes de Emerita Augusta, y esas heridas necesitaban ser curadas para que la ciudad pudiera florecer de nuevo.

Se organizaron ceremonias y rituales de duelo para honrar a los caídos en batalla, lo que permitió a sus familias y seres queridos encontrar consuelo y cerrar el ciclo de duelo. Además, se realizaban celebraciones y festividades para celebrar la victoria de los visigodos y levantar el ánimo de la población.

Los líderes visigodos también se dedicaron a inspirar esperanza y confianza en el futuro entre su pueblo, recordándoles la fuerza y la resistencia que habían demostrado durante la batalla. Se compartieron historias de coraje y sacrificio, destacando el espíritu indomable de los visigodos y su capacidad para afrontar los retos más duros con valentía y determinación.

A medida que la ciudad se reconstruía física y emocionalmente, los visigodos comenzaron a recuperar su confianza y sentido de identidad. Se fortalecieron los lazos comunitarios y se reafirmó el compromiso de trabajar juntos para construir un futuro próspero y seguro para todos los habitantes de Emerita Augusta.

Con el paso del tiempo, Emerita Augusta comenzó a resurgir de las cenizas, emergiendo como una ciudad más fuerte y resistente que nunca. Las calles que alguna vez estuvieron marcadas por la devastación ahora estaban llenas de vida y actividad, con comerciantes y artesanos regresando a sus negocios y familias reconstruyendo sus hogares.

La reconstrucción de la ciudad no sólo ha restaurado sus estructuras físicas, sino también el espíritu y la determinación de su pueblo. Los visigodos se habían unido en un esfuerzo conjunto para superar los desafíos a los que se enfrentaban y salieron victoriosos, demostrando su capacidad para enfrentar la adversidad con coraje y determinación.

Con el liderazgo de Einar y Alaric, Emerita Augusta se embarcó en un nuevo capítulo en su historia, marcado por la esperanza, la fuerza y la determinación de su pueblo. Aunque todavía podían surgir retos en el horizonte, los visigodos estaban preparados para afrontarlos juntos, sabiendo que con unidad y determinación podrían superar cualquier obstáculo que se interpusiera en su camino.

Así, al salir el sol sobre Emerita Augusta una vez más, sus habitantes miraron al futuro con optimismo y confianza, listos para enfrentar lo que viniera con coraje y determinación.

Capítulo 14: El Juicio del Destino

A pesar de la relativa calma que había seguido a la reconstrucción de Emerita Augusta, comenzaron a circular rumores de disensión entre la población. Se hablaba poco de tensiones entre los líderes visigodos, y muchos se preguntaban si la unidad que había caracterizado a la ciudad durante la reconstrucción se mantendría en el futuro.

Los murmullos de descontento se escuchaban en tabernas y mercados, donde la gente intercambiaba historias y especulaciones sobre el estado de la ciudad y sus dirigentes. Algunos temían que las divisiones internas pudieran debilitar a Emerita Augusta y poner en peligro todo lo que habían logrado durante la reconstrucción.

Einar y Alaric se reunieron en privado para discutir los rumores que circulaban entre la población. A ambos les preocupaba que las tensiones internas pudieran socavar la estabilidad de la ciudad y comprometer su futuro. Decidieron abordar el problema de frente y trabajar juntos para resolver cualquier conflicto que pudiera surgir.

Mientras tanto, en las calles de Emerita Augusta, la gente miraba con aprensión, preguntándose qué le depararía el futuro a su ciudad y pueblo. Con la sombra de la disensión en el horizonte, todos se preguntaban si Emerita Augusta sería capaz de superar este nuevo reto y mantenerse firme ante las adversidades a las que se enfrentaba.

Ante la creciente preocupación por los rumores de disensión, Einar y Alaric convocaron un consejo de sabios, una reunión de los líderes más respetados y sabios de Emerita Augusta. En la sala del consejo, iluminada con antorchas, se reunieron hombres y mujeres de diferentes orígenes y experiencias, todos con un objetivo común: encontrar una solución a los problemas que amenazaban a la ciudad.

Durante horas, los reyes magos discutieron los rumores de disensiones y tensiones internas que habían surgido entre los líderes visigodos. Se escucharon diferentes puntos de vista y se discutieron posibles soluciones, desde la mediación hasta la reorganización del gobierno de la ciudad.

Einar y Alaric escucharon atentamente los consejos de los sabios, reconociendo la importancia de abordar los problemas internos de la ciudad de manera constructiva y colaborativa. Juntos, se comprometieron a trabajar con los sabios para encontrar una solución que fortaleciera la unidad y la estabilidad de Emerita Augusta.

Al final de la reunión, se consensuó la necesidad de fortalecer los lazos comunitarios y fomentar un mayor diálogo entre los líderes y la población. Se acordó establecer un comité de mediación para abordar los problemas internos de la ciudad y trabajar hacia una solución que beneficie a todos sus habitantes.

Con esperanza en sus corazones, los sabios se dispersaron, listos para llevar a cabo la tarea que se les había confiado y trabajar juntos para garantizar un futuro próspero y seguro para Emerita Augusta y su pueblo.

Con el comité de mediación establecido, Emerita Augusta comenzó a recorrer el camino hacia la reconciliación y la unidad. El comité se reunía periódicamente para abordar las preocupaciones y tensiones que habían surgido entre los líderes visigodos y para buscar soluciones que promovieran la armonía y la cooperación en la ciudad.

Se llevaron a cabo conversaciones sinceras y honestas, en las que se escucharon todas las voces y se consideraron todas las perspectivas. Los líderes visigodos reconocieron la importancia de trabajar juntos por el bien común y se comprometieron a dejar de lado sus diferencias personales por el bien de la estabilidad y la prosperidad de la ciudad.

Se establecieron nuevos mecanismos de comunicación y colaboración entre los líderes visigodos, promoviendo un mayor diálogo y transparencia en la toma de decisiones. Se fortalecieron los lazos de confianza y respeto mutuo, sentando las bases para una mayor cooperación y entendimiento en el futuro.

A medida que el comité de mediación avanzaba en su trabajo, la gente de Emerita Augusta observaba con esperanza y optimismo, sabiendo que estaban dando pasos importantes hacia la reconciliación y la unidad. Con cada día que pasaba, la ciudad estaba más cerca de superar las tensiones que la habían dividido y construir un futuro más brillante y próspero para todos sus habitantes.

Después de semanas de intensas conversaciones y negociaciones, llegó el clímax: la ceremonia de reconciliación. En un día soleado, los líderes visigodos se reunieron en el corazón de Emerita Augusta junto con representantes de la población para marcar el comienzo de un nuevo capítulo en la historia de la ciudad.

Con solemnidad y determinación, Einar y Alaric se adelantaron para dirigir la ceremonia. Expresaron su compromiso de dejar atrás las diferencias del pasado y trabajar juntos hacia un futuro de unidad y prosperidad para Emerita Augusta y su pueblo.

Uno a uno, los líderes visigodos se acercaron para estrechar la mano y hacer la paz con aquellos con los que no estaban de acuerdo. Se intercambiaron palabras de perdón y reconciliación, sellando así un nuevo comienzo para la ciudad y su gente.

La población observó con emociones encontradas, sintiendo que el peso de las tensiones pasadas se disipaba en el aire y daba paso a un nuevo sentido de esperanza y optimismo. Fue un momento de renovación y unidad, un recordatorio de la fuerza y la resiliencia del pueblo de Emerita Augusta.

Con la ceremonia de reconciliación llegando a su fin, la gente del pueblo se fue con el corazón lleno de esperanza y determinación. Sabían que el camino hacia la reconciliación sería largo y difícil, pero estaban dispuestos a afrontar los desafíos que se les presentaban con valentía y determinación, sabiendo que juntos podrían construir un futuro mejor para su ciudad y su pueblo.

Capítulo 15: El camino a la redención

Con la ciudad de Emerita Augusta en proceso de reconciliación y renovación, viejos lazos que se creían perdidos comenzaron a despertar de su letargo. Entre los habitantes de la ciudad, comenzaron a resurgir historias de amistad y camaradería que habían sido olvidadas durante años, recordando a todos que, a pesar de las diferencias pasadas, seguían siendo una comunidad muy unida.

En los mercados y plazas de la ciudad, la gente se reunía con viejos amigos y vecinos, compartiendo recuerdos de tiempos más felices y renovando lazos que alguna vez habían sido tan fuertes. Rostros que habían sido desconocidos durante tanto tiempo ahora se iluminaban con sonrisas de reconocimiento y alegría al reencontrarse con aquellos que habían sido una parte importante de sus vidas.

Incluso entre los líderes visigodos, los lazos de amistad y confianza comenzaron a fortalecerse una vez más. Einar y Alaric se reunieron en privado para hablar sobre el futuro de la ciudad y los retos a los que aún se enfrentaban, recordando los días en los que habían luchado juntos y compartían la esperanza de un futuro mejor para su pueblo.

Cuando Emerita Augusta entró en una nueva era de paz y reconciliación, los habitantes de la ciudad se aferraron a la esperanza de que los lazos que se habían restablecido perduraran durante generaciones, recordándoles que, si bien el camino hacia la redención podía ser difícil, el poder de la amistad y la camaradería podía superar cualquier obstáculo.

A pesar del renovado espíritu de unidad y reconciliación que se extendió por Emerita Augusta, la sombra del pasado todavía acechaba en lo más profundo de la ciudad. Las antiguas rivalidades y resentimientos aún persistían entre algunos habitantes, recordándoles los conflictos que habían dividido a la comunidad en tiempos pasados.

En los callejones oscuros y en las tabernas sombrías, aún se escuchaban murmullos de descontento entre los que se aferraban al rencor y la amargura del pasado. Algunos se mostraron reacios a dejar atrás sus diferencias y abrazar la paz y la reconciliación, alimentando la llama de la discordia y el conflicto que amenazaba con consumir la ciudad de nuevo.

Einar y Alaric eran conscientes de la sombra persistente del pasado y la afrontaron con determinación y coraje. Saben que la reconciliación es un proceso largo y difícil, y están decididos a no permitir que los errores del pasado socaven los progresos que han logrado en la reconstrucción de la ciudad.

Con coraje y determinación, los líderes visigodos se enfrentaron a aquellos que aún se aferraban al pasado, recordándoles el costo humano de la discordia y el sufrimiento que había causado a su pueblo. A través del diálogo y la comprensión, buscaron disipar las sombras del pasado y abrir el camino a un futuro de paz y armonía para todos los habitantes de Emerita Augusta.

Con la sombra del pasado aún presente en Emerita Augusta, Einar y Alaric reconocieron la necesidad de tomar medidas decisivas para asegurar el futuro de la ciudad. Convocaron a una asamblea de todos los líderes y ciudadanos de la ciudad para discutir los desafíos que aún enfrentaban y buscar soluciones colectivas que fortalecieran la unidad y la estabilidad.

En la gran plaza central de la ciudad, la gente se reunió, ansiosa por escuchar las palabras de sus líderes y contribuir con sus propias ideas y perspectivas sobre cómo superar los obstáculos que enfrentaban. Einar y Alaric dieron un paso al frente, compartiendo su visión de un futuro de paz y prosperidad para Emerita Augusta y haciendo un llamamiento a todos los presentes para que se unan a ese noble propósito.

Uno por uno, los líderes y ciudadanos de la ciudad se levantaron para expresar sus preocupaciones y ofrecer sus ideas sobre cómo avanzar. Se debatieron temas que van desde la seguridad y la economía hasta la educación y la infraestructura, y se escucharon y consideraron todas las voces en igual medida.

Al final de la asamblea, se llegó a un consenso sobre una serie de medidas que se tomarían para abordar los desafíos que enfrenta la ciudad. Se formaron comités para trabajar en áreas específicas de preocupación, y se establecieron planes de acción claros y concisos para garantizar que Emerita Augusta continuara avanzando en el camino hacia un futuro mejor para todos sus habitantes.

Una vez concluida la asamblea y puestas en marcha las medidas acordadas, Emerita Augusta comenzó a experimentar un renacer de esperanza y determinación entre sus habitantes. En los mercados y las calles de la ciudad, había un nuevo sentido de propósito y unidad, alimentado por la creencia de que juntos podrían superar cualquier desafío que enfrentaran.

Los ciudadanos se unieron en proyectos comunitarios, trabajando codo a codo para mejorar la infraestructura de la ciudad, fortalecer sus defensas y promover el bienestar de todos sus habitantes. Las diferencias del pasado comenzaron a desvanecerse a la luz de un compromiso compartido de construir un futuro mejor para ellos y las generaciones venideras.

Einar y Alaric observaron con orgullo el renacimiento de la esperanza en Emerita Augusta, sabiendo que, aunque los desafíos a los que se enfrentaban eran grandes, el espíritu y la determinación de su gente eran aún mayores. Se comprometieron a seguir liderando la ciudad, guiándola a través de las tormentas que pudieran surgir en el horizonte hacia un futuro de paz, prosperidad y unidad duradera.

Capítulo 16: El despertar de la Tierra

Con la llegada de la primavera, Emerita Augusta se preparaba para un nuevo capítulo en su historia. Los campos que habían permanecido dormidos durante el invierno volvieron a la vida, listos para recibir las semillas de esperanza que serían plantadas por los agricultores de la región.

En las afueras de la ciudad, los agricultores se congregaban en los campos, ansiosos por comenzar a plantar los cultivos que sostendrían a la ciudad y a sus habitantes en los próximos meses. Con manos expertas y corazones llenos de esperanza, trabajaron la tierra, sembrando las semillas de trigo, cebada y legumbres que alimentarían a la comunidad en los tiempos difíciles que se avecinaban.

A medida que las semillas se hundían en la tierra fértil, también lo hacía la esperanza en el corazón de cada agricultor. Sabían que el éxito de la cosecha dependería del trabajo duro y la dedicación, pero también confiaban en que la generosidad de la tierra recompensaría sus esfuerzos con una cosecha abundante.

En medio del campo, Einar y Alaric se unieron a los agricultores, ofreciendo su apoyo y aliento mientras trabajaban para sembrar las semillas de la esperanza en la tierra de Emerita Augusta. Reconocieron la importancia de la agricultura para la supervivencia de la ciudad y se comprometieron a garantizar que todas las personas tuvieran suficiente comida en sus mesas, incluso en tiempos de incertidumbre y cambio.

Con el paso de los días y las semanas, los campos de Emerita Augusta cobraron vida, alimentados por el cálido sol y las suaves lluvias primaverales. Las semillas que habían sido sembradas con esperanza comenzaron a brotar, transformando los campos en un mar de exuberante verde que prometía una cosecha abundante.

Los agricultores trabajaban incansablemente, cuidando sus cultivos y protegiéndolos de plagas y enfermedades que amenazaban con arruinar su arduo trabajo. Con paciencia y determinación, cosecharon los frutos de su trabajo, llenando cestas y carretas con los productos de la tierra que sostendrían la ciudad en los meses venideros.

En el corazón de la ciudad, se realizaba un festival en honor a la cosecha, donde los agricultores compartían sus frutos con sus vecinos y seres queridos. Las calles se llenaron de risas y alegría, mientras la gente se reunía para disfrutar de la generosidad de la tierra y celebrar el arduo trabajo y la dedicación de quienes la cultivaban.

Einar y Alaric se unieron a la celebración, expresando su gratitud a los agricultores por su arduo trabajo y sacrificio. Reconocieron el papel crucial que desempeñaron en la supervivencia de la ciudad y estaban decididos a apoyarlos en todo lo que pudieran, asegurándose de que la abundante cosecha se compartiera por igual entre todos los habitantes de Emerita Augusta.

A pesar del éxito de la cosecha y de la celebración que la acompañaba, Emerita Augusta pronto se enfrentó a nuevos retos que pondrían a prueba la fuerza y la determinación de su pueblo. Una sequía inesperada azotó la región, amenazando con marchitar las cosechas y privar a la ciudad de los alimentos necesarios para sobrevivir.

Los agricultores lucharon contra la sequía con todas sus fuerzas, buscando nuevas formas de conservar el agua y proteger sus cultivos del calor abrasador del sol. A pesar de sus esfuerzos, algunos campos comenzaron a marchitarse y morir, dejando a los habitantes de la ciudad preocupados por el futuro de su suministro de alimentos.

Einar y Alaric se unieron a los agricultores en su lucha contra la sequía, buscando soluciones creativas y efectivas para conservar el agua y proteger los cultivos. Organizaron equipos de irrigación y distribuyeron reservas de agua de emergencia a quienes más la necesitaban, asegurándose de que ningún habitante de la ciudad pasara hambre debido a la adversidad.

A medida que la sequía continuaba, Emerita Augusta enfrentó su mayor desafío hasta el momento, pero la gente se mantuvo unida en su determinación de superar la adversidad. Con esperanza en sus corazones y coraje en sus acciones, se aferraron a la creencia de que juntos podrían superar cualquier obstáculo que se interpusiera en su camino hacia un futuro mejor.

Justo cuando la sequía amenazaba con llevar al Emerita Augusta al borde de la desesperación, un milagro inesperado llegó en forma de lluvia. Nubes oscuras se juntaron en el cielo y las primeras gotas de lluvia cayeron sobre la tierra sedienta, trayendo consigo un alivio bienvenido y una esperanza renovada en los corazones de todos los habitantes de la ciudad.

Con cada gota que caía, la tierra sedienta se empapaba, y los campos que se habían marchitado bajo el sol abrasador comenzaron a reverdecer una vez más. Los agricultores observaron con asombro cómo sus cultivos se revitalizaban ante sus ojos, llenos de gratitud por la lluvia que había llegado justo a tiempo para salvarlos de la ruina.

Einar y Alaric observaron con alegría cómo la ciudad se transformaba bajo el poder restaurador de la lluvia. Sabían que este era un poderoso recordatorio de la fuerza y la resiliencia de la gente de Emerita Augusta, que podía enfrentar cualquier desafío que se interpusiera en su camino con determinación y esperanza en el futuro.

Con la sequía finalmente detrás de ellos y la promesa de una cosecha abundante en el horizonte, los habitantes de Emerita Augusta se unieron una vez más para celebrar y agradecer la lluvia que había devuelto la esperanza a sus vidas.

Capítulo 17: La sombra del pasado

A pesar de la renovada esperanza que había traído la lluvia, Emerita Augusta pronto se enfrentó a una nueva amenaza que surgía del pasado. Comenzaron a circular rumores entre los habitantes de la ciudad sobre incursiones de tribus bárbaras en los territorios circundantes, sembrando el miedo y la incertidumbre entre la población.

Los líderes de la ciudad, incluidos Einar y Alaric, se reunieron para discutir la mejor manera de proteger a Emerita Augusta de las incursiones enemigas. Reconocieron la necesidad de fortalecer las defensas de la ciudad y prepararse para cualquier eventualidad, mientras trabajaban en estrecha colaboración para desarrollar estrategias de defensa efectivas.

En medio de la preparación para la batalla, llegaron noticias alarmantes de que una gran fuerza de bárbaros se dirigía hacia Emerita Augusta, liderada por un antiguo enemigo del pasado. El nombre del líder bárbaro resonó en los corazones de aquellos que recordaban los días oscuros de los conflictos pasados, y su regreso despertó temores de que la ciudad pudiera enfrentarse a su mayor amenaza hasta el momento.

Con el enemigo a las puertas de la ciudad, los habitantes de Emerita Augusta se prepararon para la batalla que se avecinaba, decididos a defender su hogar y proteger a sus seres queridos a toda costa.

Con la amenaza de los bárbaros acercándose cada vez más, Emerita Augusta se vio sumida en una actividad frenética mientras se preparaba para la inminente batalla. Los habitantes de la ciudad trabajaron incansablemente para fortificar las defensas, reparar las murallas y preparar armas y provisiones para el enfrentamiento que se avecinaba.

Einar y Alaric lideraron los esfuerzos de defensa, coordinando la distribución de recursos y organizando a los ciudadanos en unidades de combate entrenadas y listas para la batalla. Todos los hombres, mujeres y niños se unieron a la lucha por la supervivencia de la ciudad, listos para enfrentar al enemigo con coraje y determinación.

Mientras tanto, en el corazón de la ciudad, se celebraban antiguos rituales para invocar la protección de los dioses y asegurar la victoria en la batalla que se avecinaba. Sacerdotes y chamanes dirigían las ceremonias, ofreciendo oraciones y sacrificios en honor a los dioses de la guerra y la protección, implorando su ayuda en el momento de mayor necesidad.

Con el sol en el horizonte, Emerita Augusta se preparó para enfrentar su destino con coraje y determinación, con la esperanza de que la fuerza de su espíritu y la unidad de su pueblo fueran suficientes para superar cualquier desafío que se interpusiera en su camino.

Con el amanecer, las huestes bárbaras llegaron finalmente a las puertas de Emerita Augusta, con sus guerreros llenos de ferocidad y sed de conquista. Desde lo alto de las murallas, los habitantes de la ciudad observaban con determinación cómo se acercaba el enemigo, listo para defender su hogar con uñas y dientes.

Einar y Alaric lideraron a las tropas con firmeza, distribuyendo estratégicamente a los defensores a lo largo de las murallas y preparándolos para el inminente enfrentamiento. Todos los hombres y mujeres estaban armados y listos para luchar, con un corazón lleno de coraje y la esperanza de que sus esfuerzos pudieran proteger a su ciudad de la destrucción.

Con un grito de guerra ensordecedor, los bárbaros lanzaron su asalto a las murallas de Emerita Augusta, golpeando con fuerza y determinación. Los defensores respondieron ferozmente, disparando flechas y proyectiles desde lo alto de las murallas y repeliendo los ataques enemigos con valentía y determinación.

La batalla fue feroz y sangrienta, y ambos bandos sufrieron pérdidas devastadoras mientras luchaban por la supremacía en el campo de batalla. Sin embargo, a pesar de los desafíos y las dificultades, los habitantes de Emerita Augusta se mantuvieron firmes en su determinación de defender su hogar hasta su último aliento, con la esperanza de que su valentía y sacrificio fueran suficientes para asegurar la victoria contra las fuerzas del mal.

Después de horas de feroz combate, las huestes bárbaras finalmente se retiraron, derrotadas y dispersadas por la valentía y la determinación de los defensores de Emerita Augusta. Los habitantes de la ciudad celebraron con júbilo su victoria, pero también lamentaron las pérdidas sufridas en la batalla, honrando a aquellos que habían sacrificado sus vidas en defensa de su hogar.

Einar y Alaric recorrieron las calles de la ciudad, ofreciendo palabras de consuelo y aliento a aquellos que habían perdido a sus seres queridos en los combates. Reconocieron el precio del triunfo y prometieron que los caídos no serían olvidados, recordados para siempre como héroes que dieron sus vidas por la libertad y la seguridad de la ciudad.

Con el sol poniéndose en el horizonte, Emerita Augusta se erigió una vez más como un faro de esperanza y resiliencia en un mundo lleno de peligros y desafíos. Aunque habían sufrido pérdidas inimaginables, los habitantes de la ciudad se mantuvieron unidos en su determinación de reconstruir y seguir adelante, con la esperanza de que su valentía y sacrificio hubieran garantizado un futuro más seguro y próspero para las generaciones venideras.

Capítulo 18: Renacimiento y reconstrucción

Después de la victoria contra los bárbaros, Emerita Augusta se sumergió en un período de reconstrucción y renacimiento. Los habitantes de la ciudad se unieron para reparar los daños causados por la batalla, reconstruyendo casas, reparando muros y restaurando los campos agrícolas que habían sido dañados durante el conflicto.

Einar y Alaric lideraban los esfuerzos de reconstrucción, coordinando recursos y organizando a los ciudadanos en equipos dedicados a restaurar la ciudad a su antigua gloria. A medida que las calles se llenaban de actividad y la vida volvía a Emerita Augusta, también lo hacía un renovado sentido de esperanza y optimismo para el futuro.

Los campos, una vez devastados por la guerra, pronto volvieron a florecer gracias al arduo trabajo de los agricultores y las bendiciones de la naturaleza. Los cultivos crecían vigorosamente bajo el sol brillante, prometiendo una cosecha abundante que ayudaría a alimentar a la población y fortalecería la economía de la ciudad.

A medida que Emerita Augusta se recuperaba de las cicatrices del pasado, también se embarcó en una nueva era de crecimiento y prosperidad. Los habitantes de la ciudad miraban al futuro con optimismo, sabiendo que, aunque se habían enfrentado a la adversidad, su determinación y unidad les habían permitido superar cualquier obstáculo que se interpusiera en su camino.

Con el paso de los días, Emerita Augusta comenzó a recuperar la vitalidad perdida durante los oscuros tiempos de la guerra. La comunidad se unió más fuerte que nunca, trabajando codo a codo para reconstruir no solo las estructuras físicas, sino también los lazos que los unían como pueblo.

Se organizaron jornadas de trabajo comunitario en las que hombres, mujeres y niños se unieron para levantar muros derrumbados, reparar techos dañados y limpiar las calles de escombros. Cada acto de colaboración fortalecía el espíritu de solidaridad entre los habitantes de la ciudad, recordándoles que juntos podían superar cualquier desafío que se les presentara.

Además de la reconstrucción física, también se pusieron en marcha programas para proporcionar apoyo emocional y psicológico a quienes habían sufrido traumas durante la guerra. Se establecieron grupos de ayuda mutua y se ofrecieron servicios de asesoramiento para ayudar a sanar las heridas emocionales y reconstruir la confianza en el futuro.

A medida que la comunidad se unió en torno a la tarea común de reconstruir su hogar, también lo hicieron los lazos entre sus habitantes. Los vecinos, que antes apenas se conocían, ahora trabajaban en estrecha colaboración, compartiendo risas y lágrimas mientras se esforzaban por construir un futuro mejor para ellos y para las generaciones venideras.

Con el avance de la reconstrucción, Emerita Augusta comenzó a experimentar un renacimiento en todos los aspectos de la vida. Los mercados volvieron a llenarse de bullicio y actividad, mientras comerciantes y artesanos regresaban a la ciudad para reabrir sus negocios y ofrecer sus productos a la comunidad.

Las calles se llenaron de música y celebración, con festivales y eventos que reunían a la gente para compartir la alegría de estar vivos y la esperanza de un futuro próspero. Los habitantes de la ciudad se reunieron en la plaza principal para bailar, cantar y celebrar su resiliencia ante la adversidad.

Además de la revitalización económica y social, Emerita Augusta también experimentó un renacimiento cultural y artístico. Se organizaron exposiciones de arte y conciertos musicales, mientras que los artistas locales mostraron su talento en murales y esculturas que adornaron las calles de la ciudad.

A medida que el sol se ponía sobre Emerita Augusta, una sensación de renovada esperanza y optimismo llenaba el aire. Los habitantes de la ciudad miraban al futuro con confianza, sabiendo que, a pesar de haber enfrentado tiempos oscuros, habían emergido más fuertes y unidos que nunca, listos para enfrentar cualquier desafío que el destino les presentara.

Con la reconstrucción en marcha y la comunidad fortalecida, Emerita Augusta se dio a la tarea de fortalecer sus alianzas con otras ciudades y pueblos de la región. Conscientes de la importancia de la unidad en tiempos de incertidumbre, Einar y Alaric se dedicaron a establecer relaciones diplomáticas sólidas que garantizaran la paz y la prosperidad para todos.

Se organizaron reuniones con líderes de otras ciudades y pueblos, en las que se discutieron temas de comercio, defensa y cooperación mutua. Se firmaron tratados y acuerdos que garantizaban la protección y el apoyo entre las diferentes comunidades, sentando las bases para una colaboración fructífera en el futuro.

Además de fortalecer las alianzas con otros asentamientos humanos, Emerita Augusta también buscó establecer relaciones con los pueblos vecinos de otras razas y culturas. Se enviaron emisarios para entablar conversaciones con los líderes de los elfos, enanos y otras criaturas mágicas que habitaban la región, con la esperanza de construir puentes de comprensión y amistad.

A medida que las alianzas se fortalecieron y las relaciones se profundizaron, Emerita Augusta se convirtió en un faro de cooperación y entendimiento en un mundo lleno de conflictos y divisiones. Los habitantes de la ciudad miraban al futuro con optimismo, sabiendo que, juntos, podían construir un mundo mejor para todos.

Capítulo 19: Sombras en el horizonte

A pesar del renacer y la renovada esperanza que llenaba las calles de Emerita Augusta, en el horizonte se veían sombras que amenazaban con desestabilizar la frágil paz alcanzada. Comenzaron a circular rumores de incursiones bárbaras en las regiones periféricas, sembrando el miedo entre los habitantes de la ciudad y recordándoles que la amenaza de guerra aún persistía.

Einar y Alaric se reunieron en el gran salón del palacio para discutir cómo hacer frente a esta nueva amenaza. Sabían que debían actuar con rapidez y decisión para proteger a su pueblo y garantizar la supervivencia de Emerita Augusta en tiempos tan inciertos.

Se enviaron exploradores para recopilar información sobre los movimientos de las tribus bárbaras y evaluar la magnitud de la amenaza que representaban. Mientras tanto, se intensificaron los patrullajes en las fronteras de la ciudad y se fortalecieron las defensas para estar preparados ante cualquier eventualidad.

A medida que las nubes de la guerra se acumulaban en el horizonte, los habitantes de Emerita Augusta se preparaban para enfrentar una vez más los desafíos que el destino les tenía reservados. Con la determinación y el coraje que les caracterizaban, estaban dispuestos a defender su hogar y a mantener viva la llama de la esperanza en medio de la oscuridad que amenazaba con engullirlos.

Con la amenaza de incursiones bárbaras en el horizonte, Einar y Alaric convocaron un consejo de guerra en el gran salón del palacio. Líderes militares, nobles y consejeros se reunieron para discutir estrategias y tomar decisiones cruciales para la defensa de Emerita Augusta.

Se trazaron planes para reforzar las defensas de la ciudad, se reclutaron y entrenaron nuevas tropas, y se establecieron alianzas con otros asentamientos humanos para hacer frente a la amenaza común. Cada detalle fue meticulosamente planeado en un esfuerzo por asegurar la supervivencia de la ciudad y su gente.

Mientras tanto, en las fronteras de Emerita Augusta, las patrullas se multiplicaron y se mantuvieron en alerta constante ante cualquier señal de actividad enemiga. Los exploradores enviados a las regiones periféricas regresaron con informes alarmantes de la presencia de bandas bárbaras saqueando y saqueando aldeas indefensas.

A medida que aumentaba la tensión en la ciudad, también lo hacía el espíritu de determinación y resiliencia entre sus habitantes. Todos estaban dispuestos a luchar por la supervivencia de Emerita Augusta, sabiendo que el destino de la ciudad y su gente estaba en juego.

En medio de la creciente preocupación por las incursiones bárbaras, Einar y Alaric se enfrentaron a una encrucijada. Las noticias de los exploradores confirmaron los peores temores: las tribus bárbaras se estaban organizando en una fuerza formidable, lista para lanzar un ataque devastador contra Emerita Augusta.

Ante esta amenaza inminente, los líderes de la ciudad tuvieron que tomar decisiones difíciles y rápidas para proteger a su gente. Se convocaron reuniones de emergencia con líderes militares, nobles y asesores para planificar la defensa y decidir el curso de acción a tomar.

En el gran salón del palacio, iluminado por antorchas que parpadeaban en la oscuridad, se discutieron estrategias y se evaluaron opciones. Se consideró la posibilidad de buscar refugio dentro de las murallas de la ciudad y resistir un asedio prolongado, o lanzar un ataque preventivo para debilitar a las fuerzas enemigas antes de que pudieran llegar a Emerita Augusta.

Cada opción tenía sus riesgos y sacrificios, y la presión sobre Einar y Alaric era abrumadora. Sabían que la vida y el futuro de su pueblo dependían de las decisiones que tomaran en ese momento crítico.

Finalmente, después de largas horas de deliberación y debate, se tomó una decisión. Se decidió fortificar las defensas de la ciudad y prepararse para resistir un asedio prolongado, mientras se enviaban mensajeros en busca de ayuda y refuerzos de otros asentamientos cercanos.

La noticia de la decisión se extendió rápidamente por toda la ciudad, trayendo consigo un renovado sentido de determinación entre los habitantes de Emerita Augusta. Aunque se enfrentaban a tiempos difíciles por delante, estaban dispuestos a luchar hasta el final por su hogar y su libertad.

A medida que las tropas se preparaban para la batalla y las defensas de la ciudad se fortalecían, la tensión en Emerita Augusta era palpable. Cada hombre, mujer y niño sabía que se enfrentaba a un enemigo poderoso y decidido, pero estaban dispuestos a enfrentarlo con coraje y determinación.

La noche anterior al esperado ataque, una tensa quietud se apoderó de la ciudad. Las calles estaban desiertas, excepto por el sonido de las patrullas que custodiaban las murallas y el murmullo de las oraciones en los templos.

Einar y Alaric pasaron la noche en el palacio, repasando los planos una y otra vez y rezando por la seguridad de su gente. Sabían que al día siguiente vendría la prueba definitiva de su determinación y coraje.

Al amanecer, las trompetas sonaron desde las murallas de la ciudad, anunciando la llegada del enemigo. Las fuerzas bárbaras se acercaban, una marea implacable de hombres y bestias sedientos de sangre y botín.

Emerita Augusta se preparó para enfrentar su destino con coraje y determinación, sabiendo que la batalla por su supervivencia estaba a punto de comenzar.

Capítulo 20: La batalla por Emerita Augusta

Con la amenaza bárbara cada vez más cerca, Emerita Augusta se sumergió en una actividad frenética mientras se preparaba para la inminente batalla. Einar y Alaric lideraban los esfuerzos para fortificar las defensas de la ciudad y organizar tropas para el próximo enfrentamiento.

Se construyeron barricadas y trincheras alrededor de la ciudad, se repararon las murallas y se prepararon armas y provisiones para la defensa. Los ciudadanos, hombres y mujeres por igual, se unieron en la tarea de fortalecer sus hogares y sus corazones para la batalla que se avecina.

Los líderes militares instruyeron a las tropas en tácticas de combate y estrategias defensivas, mientras que los curanderos y curanderos se preparaban para atender a los heridos y enfermos que seguramente seguirían la confrontación. Cada detalle fue cuidadosamente planeado en un esfuerzo por asegurar la supervivencia de la ciudad y su gente.

A medida que se acercaba el día de la batalla, Emerita Augusta se convirtió en un hervidero de actividad y emoción. La tensión en el aire era palpable, pero también lo era el espíritu de determinación y resiliencia que unía a todos los que llamaban hogar a la ciudad.

Con el sol en lo alto, aparecieron en el horizonte las primeras columnas bárbaras, anunciando el inicio del asedio de Emerita Augusta. Las trompetas sonaban desde las murallas de la ciudad, llamando a las tropas a sus posiciones y llenando el aire con un aura de tensión y anticipación.

Los bárbaros avanzaron lentamente, rodeando la ciudad con sus fuerzas y preparándose para el asalto. Catapultas y balistas se alineaban en las murallas, listas para repeler cualquier intento de invasión, mientras que arqueros y lanceros estaban apostados en las torres de vigilancia, listos para llover flechas sobre los enemigos.

La batalla comenzó con un estruendoso rugido cuando las fuerzas bárbaras lanzaron su primer asalto a las defensas de la ciudad. Las piedras de las catapultas se estrellaron contra las murallas, derribando secciones de las fortificaciones y sembrando el caos entre las filas defensoras.

Los defensores respondieron con ferocidad, disparando proyectiles y flechas a los invasores y manteniendo sus posiciones firmemente en las murallas.

El sonido de la batalla llenaba el aire, mezclado con los gritos de los combatientes y el estruendo de la guerra.

A medida que el asedio se intensificaba, Emerita Augusta se preparó para enfrentar su prueba más dura hasta el momento. Con el destino de la ciudad en juego, cada hombre, mujer y niño estaba decidido a luchar hasta su último aliento para defender su hogar y su libertad.

La ciudad temblaba bajo el constante bombardeo de las fuerzas bárbaras, pero los defensores de Emerita Augusta se mantuvieron firmes en su determinación de proteger su hogar. A lo largo de las murallas, los guerreros luchaban con valentía, repeliendo los ataques enemigos con ferocidad y astucia.

Las calles resonaban con el clamor de la batalla cuando los ciudadanos se unieron a la lucha, lanzando piedras y aceite hirviendo desde las ventanas y los tejados de sus casas. Cada calle y cada callejón se convirtieron en campos de batalla, donde hombres y mujeres lucharon juntos para defender lo que más amaban.

A pesar de los feroces ataques de los bárbaros, las defensas de la ciudad se mantuvieron en pie. Las murallas resistieron el embate de las catapultas, y los defensores rechazaron cada intento de asalto con determinación y coraje. Con el paso de las horas, el espíritu de resiliencia de Emerita Augusta se fortaleció aún más, impulsado por la determinación de sus habitantes de no rendirse ante la adversidad.

En el corazón de la ciudad, Einar y Alaric lideraron la defensa con ferocidad y determinación. Inspirando a sus tropas con su ejemplo, lucharon codo a codo con sus hombres, demostrando que estaban dispuestos a sacrificarse por el bien de su pueblo y su tierra.

A medida que continuaba el asedio, la situación dentro de Emerita Augusta se volvió cada vez más desesperada. Los suministros eran escasos y los heridos se amontonaban en hospitales de campaña improvisados. Sin embargo, la determinación de los defensores no flaqueó, y cada hombre y mujer continuaron luchando con todas sus fuerzas.

En el punto álgido de la batalla, cuando parecía que la ciudad no iba a poder resistir mucho más, se produjo un giro inesperado. Desde el este, donde el sol naciente pintaba el horizonte de tonos dorados, apareció una columna de refuerzos, liderada por el rey Guntario, un aliado inesperado que acudió en ayuda de Emerita Augusta.

Con el sonido de sus trompetas resonando en el aire, los refuerzos cargaron valientemente contra las filas bárbaras, rompiendo su avance y sembrando la confusión entre sus filas. La llegada de refuerzos cambió el rumbo de la batalla, infundiendo nuevas esperanzas en los corazones de los defensores y debilitando la moral de los invasores.

Animados por el inesperado apoyo, los defensores de Emerita Augusta redoblaron sus esfuerzos, luchando con renovada ferocidad contra los bárbaros. Con cada embestida, avanzaban hacia la victoria, decididos a expulsar a los invasores y asegurar la supervivencia de su ciudad.

La batalla por el Emerita Augusta estaba lejos de terminar, pero con la llegada de refuerzos, los defensores sabían que tenían una nueva oportunidad de imponerse. Con el destino de la ciudad en juego, lucharían hasta su último aliento para defender su hogar y su libertad.

En los días siguientes a la llegada de refuerzos, Emerita Augusta se convirtió en el escenario de una feroz batalla que sacudió los cimientos de la ciudad. Los defensores, revitalizados por un apoyo inesperado, se lanzaron con renovado ímpetu contra las filas bárbaras, decididos a expulsar a los invasores y asegurar la supervivencia de su hogar.

Cada calle y cada edificio se convirtieron en un campo de batalla, donde hombres y mujeres lucharon con valentía y determinación contra un enemigo implacable. Las calles resonaban con el sonido del acero chocando y los gritos de los combatientes, mientras la ciudad se sumergía en el caos de la guerra.

Einar y Alaric lideraron la defensa con ferocidad y coraje, inspirando a sus tropas con el ejemplo mientras luchaban en el frente. Con cada embestida, marchaban hacia la victoria, sabiendo que el destino de la ciudad dependía de su valentía y determinación.

A pesar de la tenacidad de los defensores, los bárbaros no cedieron terreno fácilmente. Con salvaje furia, lanzaron ataques cada vez más feroces contra las murallas de la ciudad, decididos a conquistar Emerita Augusta a cualquier precio.

El asedio se prolongó durante días, con los defensores luchando valientemente contra un enemigo abrumador. Las pérdidas eran inevitables, y la ciudad sufrió bajo el constante bombardeo de las fuerzas bárbaras.

Pero a pesar de las dificultades, los defensores del Emerita Augusta se negaron a rendirse. Con cada amanecer, renovaban su compromiso de defender su hogar hasta su último aliento, sin importar cuán sombría pareciera la situación.

Finalmente, después de semanas de encarnizados combates, los bárbaros comenzaron a ceder terreno. Debilitados por las pérdidas y desmoralizados por la feroz resistencia de los defensores, se vieron obligados a retirarse, dejando tras de sí un rastro de destrucción, pero sin lograr su objetivo de conquistar la ciudad.

Emerita Augusta había prevalecido, gracias al coraje y la determinación de sus habitantes. A medida que el sol se ponía sobre los campos de batalla, la ciudad se erigía como un símbolo de resistencia y esperanza en un mundo oscuro y peligroso.

Einar y Alaric contemplaron los campos de batalla, sintiendo un profundo orgullo por lo que habían logrado. A pesar de que la ciudad había sufrido grandes pérdidas, seguía en pie, lista para reconstruirse y enfrentar los desafíos que pudiera deparar el futuro.

Con la amenaza bárbara finalmente repelida, Emerita Augusta se embarcó en un nuevo capítulo en su historia. Aunque las cicatrices de la guerra tardarían en sanar, la ciudad había demostrado su fuerza y resistencia, asegurando su lugar como bastión de la civilización en un mundo tumultuoso y cambiante.

Capítulo 21: El destino de una ciudad

Con la llegada de refuerzos, la batalla por Emerita Augusta alcanzó su clímax. Las fuerzas combinadas de los defensores y los nuevos aliados se enfrentaron a los bárbaros en un enfrentamiento épico que determinaría el destino de la ciudad.

El campo de batalla se convirtió en un torbellino de violencia y caos, con hombres y mujeres luchando con todas sus fuerzas por la supervivencia de su hogar. El choque de espadas y escudos resonó en el aire, mezclado con los gritos de los combatientes y el rugido de las armas de asedio.

En el centro de la refriega, Einar y Alaric lucharon codo con codo, liderando el contraataque con valentía y determinación. Juntos, inspiraron a sus hombres a seguir adelante, enfrentando cada desafío con ferocidad y astucia. Cada golpe que asestaban era un paso más hacia la victoria, un recordatorio de que no se rendirían ante la adversidad.

A medida que la batalla se prolongaba, el destino de Emerita Augusta pendía de un hilo. Los bárbaros lucharon con renovada ferocidad, decididos a no retroceder ante la resistencia de los defensores. Sin embargo, los refuerzos resultaron ser un factor decisivo en los combates, inclinando la balanza a favor de los sitiados.

Con cada momento que pasaba, la esperanza de los defensores crecía, alimentada por la certeza de que estaban más cerca que nunca de asegurar la supervivencia de su ciudad. Con el sol brillando sobre el campo de batalla, sabían que estaban destinados a prevalecer, a pesar de los desafíos que se interponían en su camino.

La batalla final por Emerita Augusta estaba en su apogeo, y el destino de la ciudad pendía de un hilo. Con cada golpe de espada y cada grito de guerra, los defensores se acercaron un paso más a la victoria, decididos a defender su hogar hasta su último aliento.

Mientras la batalla se desarrollaba en las calles de Emerita Augusta, una fuerza especial de bárbaros se abrió paso hacia la imponente ciudadela que dominaba el centro de la ciudad. Liderados por el líder de los invasores, avanzaban con determinación hacia su objetivo final: capturar la fortaleza y reclamar la ciudad para sí mismos.

Los defensores, conscientes del peligro que representaba la pérdida de la ciudadela, se apresuraron a reforzar sus defensas y prepararse para el inminente asalto. Desde las murallas, arqueros y catapultas lanzaban flechas y proyectiles a los atacantes, tratando de frenar su avance antes de que pudieran acercarse demasiado.

Dentro de la ciudadela, Einar y Alaric lideraron personalmente la defensa, enfrentándose a los invasores con una ferocidad implacable. Cada corredor y cada habitación se convirtieron en campos de batalla, donde los defensores luchaban con todas sus fuerzas para mantener a raya a los bárbaros.

Sin embargo, a medida que continuaba el asalto, los invasores lograron romper las defensas de la ciudadela, abriéndose camino hacia el corazón de la fortaleza. Con cada paso que daban, se acercaban más a su objetivo final, impulsados por la certeza de que la victoria estaba al alcance de la mano.

En un último esfuerzo, los defensores se lanzaron al ataque, enfrentando a los invasores con renovado coraje. Espada en mano, lucharon con todas sus fuerzas, decididos a defender la ciudadela hasta su último aliento y evitar que cayera en manos del enemigo.

La batalla por la ciudadela alcanzó su clímax, con ambos bandos luchando ferozmente por la supremacía. Con cada momento que pasaba, el destino de Emerita Augusta pendía de un hilo, y solo el coraje y la determinación de sus defensoras podían decidir el resultado final.

Con la ciudadela asediada y la batalla llegando a su clímax, Einar y Alaric se encontraron cara a cara con el líder de los invasores en el corazón de la fortaleza. Con espadas desenvainadas y miradas desafiantes, se enfrentaron en un duelo épico que decidiría el destino de Emerita Augusta.

Los tres hombres lucharon con ferocidad desenfrenada, intercambiando golpes mortales en un frenesí de acero y sangre. Cada movimiento era calculado, cada golpe ejecutado con una precisión mortal, mientras luchaban por ganar la ventaja sobre sus oponentes.

A medida que la batalla se prolongaba, los defensores de la ciudadela se dieron cuenta de que estaban en desventaja. Con el enemigo avanzando implacablemente, se enfrentaron a una elección imposible: resistir hasta su último aliento o rendirse y enfrentarse a la esclavitud y la muerte.

En un acto de desesperación y sacrificio, Einar y Alaric tomaron una decisión audaz. Conscientes de que su resistencia solo prolongaría el destino inevitable de la ciudad, decidieron lanzarse contra el líder de los invasores, arriesgando sus propias vidas en un intento desesperado por detener su avance.

El enfrentamiento fue feroz y despiadado, con cada hombre luchando con renovada ferocidad. Sin embargo, a pesar de sus mejores esfuerzos, Einar y Alaric fueron superados en número y número. Con un último grito de guerra, se apresuraron al ataque, enfrentando su destino con valentía y determinación.

En un destello de acero y sangre, el líder de los invasores derribó a sus oponentes, acabando con la vida de los valientes defensores. Con su sacrificio, Einar y Alaric aseguraron un breve respiro para su ciudad, permitiendo a los supervivientes escapar y buscar refugio en las tierras vecinas.

La muerte de los héroes marcó el final de la batalla por Emerita Augusta, pero su sacrificio nunca sería olvidado. En los corazones de los supervivientes, su valentía viviría para siempre, recordándoles el precio del coraje y la determinación en tiempos de adversidad.

Con la muerte de los héroes, Emerita Augusta se sumió en el luto y la desolación. Las calles que antes resonaban con el fragor de la batalla ahora estaban llenas de silencio, roto solo por el susurro del viento y el susurro de las llamas que consumían los edificios.

Sin embargo, incluso en medio de la desesperación, un rayo de esperanza brilló en el horizonte. Los supervivientes de la ciudadela, liderados por los últimos defensores de la ciudad, se reunieron en la plaza central, decididos a continuar la lucha por la libertad y la supervivencia.

Con el enemigo aún al acecho en las afueras de la ciudad, los supervivientes se prepararon para un último enfrentamiento. Armados de coraje y determinación, se juraron a sí mismos que nunca se rendirían a la tiranía y la opresión, que lucharían hasta su último aliento por la libertad de su ciudad y su pueblo.

A medida que el sol se elevaba sobre el horizonte, iluminando la devastación que había caído sobre Emerita Augusta, los supervivientes se prepararon para la batalla final. Con el corazón lleno de coraje y esperanza, se lanzaron al ataque, enfrentando a sus enemigos con una determinación inquebrantable.

La batalla que siguió fue feroz y despiadada, con cada hombre y mujer luchando con renovada ferocidad. Aunque eran superados en número, los supervivientes nunca vacilaron en su determinación, resistiendo cada embestida del enemigo con coraje y sacrificio.

Y así, en medio del caos y la destrucción, surgió un nuevo amanecer para Emerita Augusta. Aunque la ciudad había sufrido grandes pérdidas y su futuro seguía siendo incierto, la llama de la esperanza ardía más que nunca en los corazones de sus valientes habitantes, recordándoles que mientras hubiera vida, habría esperanza.

Did you love *La Historia Oculta de los Reyes Visigodos Una Novela de Fantasía Histórica*? Then you should read *Los Símbolos Mayas Una Novela de Ficción Histórica*[1] by Marcelo Palacios!

"Los Símbolos Mayas" es una apasionante aventura histórica ambientada en el siglo XVI, que sigue el viaje de Diego, un joven escriba español, mientras se embarca en una peligrosa misión para proteger un antiguo códice maya de caer en manos de conquistadores despiadados. Junto a sus compañeros, el enigmático guerrero Xibalba y la sabia curandera Ixchel, Diego se adentra en el corazón de la jungla maya, encontrando un rico tapiz de cultura, tradición y misticismo que desafía su visión del mundo y lo transforma en un héroe formidable. Mientras enfrentan pruebas, batallas y antiguos guardianes, Diego y sus aliados descubren el verdadero poder del códice, un poder que podría remodelar el destino de las civilizaciones. Con una prosa vívida, personajes dinámicos y un entorno ricamente detallado, "Los símbolos mayas" lleva a los lectores a un viaje épico de descubrimiento, coraje y sacrificio, que culmina

---

1. https://books2read.com/u/4j7vKj

2. https://books2read.com/u/4j7vKj

en un emocionante enfrentamiento entre la luz y la oscuridad que dejará un impacto duradero en el mundo.